BASTEI
LÜBBE

Taschenbücher von ROBERT ASPRIN
im BASTEI-LÜBBE-Programm:

Geschichten aus der Diebeswelt
20 089 Die Diebe aus Freistatt
20 091 Der blaue Stern
20 093 Zum wilden Einhorn
20 095 Die Rache der Wache
20 098 Die Götter von Freistatt
20 101 Verrat in Freistatt
20 107 Krieg der Diebe
20 113 Hexennacht
20 122 Sturm über Freistatt
20 140 Armeen der Nacht
20 149 Die Farbe des Zaubers

20 084 Ein Dämon auf Abwegen
20 085 Ein Dämon kommt selten allein
20 086 Ein Dämon macht noch keinen Sommer
20 109 Dämonen-Futter
20 110 Ein Dämon mit beschränkter Haftung
20 137 Ein Dämon für alle Fälle
20 144 Ein Dämon dreht durch

Robert Asprin (Hg.)

Geschichten aus der Diebeswelt

# DIE GÖTTER VON FREISTATT

BASTEI LÜBBE

BASTEI-LÜBBE-TASCHENBUCH
Fantasy
Band 20 098

Erste Auflage: August 1987
Zweite Auflage: September 1990

Mit Illustrationen, Karten und Erläuterungen
im Anhang von Helmut W. Pesch


Deutsche Lizenzausgabe 1987
Bastei-Verlag Gustav H. Lübbe GmbH & Co., Bergisch Gladbach
Originaltitel: Shadows of Sanctuary
Ins Deutsche übertragen von Lore Straßl
Lektorat: Anja Dihrberg/Dr. Helmut Pesch
Titelillustration: Walter Velez
Umschlaggestaltung: Dieter Kreuchauff
Druck und Verarbeitung:
Clausen & Bosse, Leck
Printed in Western Germany
ISBN 3-404-20098-5

# Inhalt

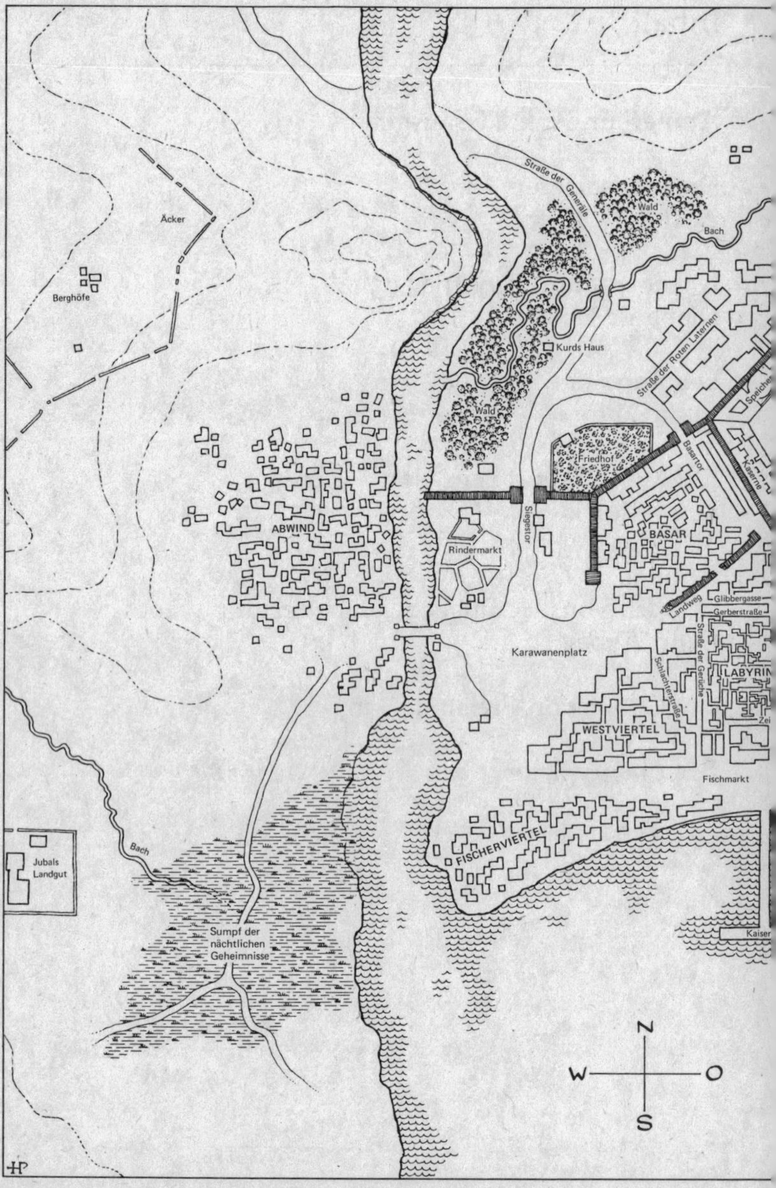

Straße der Generäle
Wald
Bach
Äcker
Berghöfe
Kurds Haus
Straße der Roten Laternen
Wald
Friedhof
Basartor
Kaserne
ABWIND
Siegestor
Rindermarkt
BASAR
Landweg
Glibbergasse
Gerberstraße
Karawanenplatz
Straße der Gerüche
Schlachterstraße
WESTVIERTEL
Fischmarkt
FISCHERVIERTEL
Bach
Jubals Landgut
Sumpf der nächtlichen Geheimnisse
N
W
O
S
HP

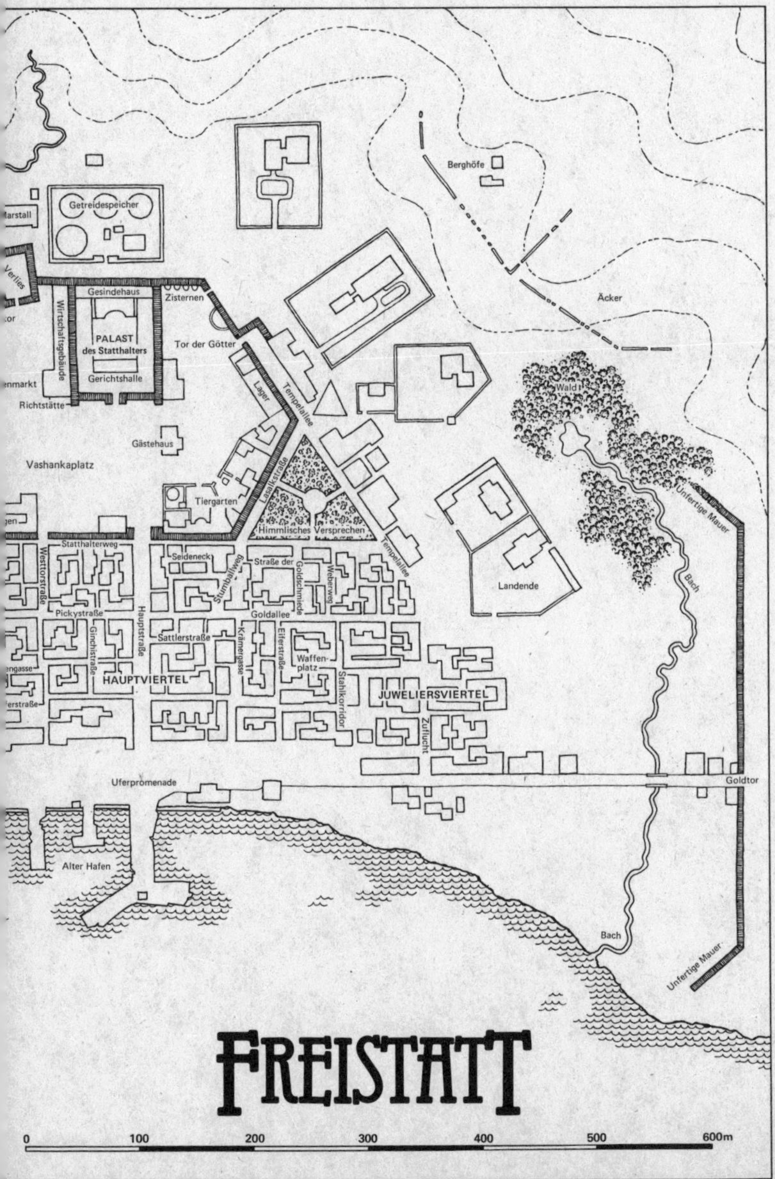

Berghöfe
Getreidespeicher
Verlies
Gesindehaus
Zisternen
Wirtschaftsgebäude
PALAST
des Statthalters
Gerichtshalle
Tor der Götter
Lager
Tempelallee
Äcker
Wald
Richtstätte
Gästehaus
Vashankaplatz
Lasalkstraße
Tiergarten
Himmlisches Versprechen
Unfertige Mauer
Statthalterweg
Westtorstraße
Seideneck
Straße der Goldschmiede
Stumballweg
Weberweg
Tempelallee
Landende
Bach
Pickystraße
Hauptstraße
Goldallee
Sattlerstraße
Krämergasse
Elferstraße
Ginchistraße
Waffenplatz
Stahlkorridor
HAUPTVIERTEL
JUWELIERSVIERTEL
Zuflucht
Uferpromenade
Goldtor
Alter Hafen
Bach
Unfertige Mauer
FREISTATT
0
100
200
300
400
500
600m

# Anmerkung des Herausgebers

Dem aufmerksamen Leser fallen möglicherweise kleine Unstimmigkeiten bei den Figuren dieser Stories auf. Ihre Sprechweise, ihre Darstellung bestimmter Ereignisse, und ihre Ansichten, wer in der Stadt zu sagen hat, variieren von Zeit zu Zeit.

DAS SIND JEDOCH KEINE UNSTIMMIGKEITEN!

Der Leser sollte diese scheinbaren Widersprüchlichkeiten noch einmal genauer betrachten und dabei dreierlei bedenken:

Erstens: Jede Geschichte wird aus einer anderen Sicht erzählt, und jeder sieht und hört die Dinge eben ein bißchen anders. Selbst augenscheinliche Tatsachen werden durch Wahrnehmung und Standpunkt des einzelnen beeinflußt. So wird ein Spielmann ein Gespräch mit einem Magier anders wiedergeben als ein Dieb, der dasselbe Gespräch mit anhörte.

Zweitens: Die Bürger von Freistatt sind zwangsläufig mehr als nur ein bißchen paranoid. Sie neigen dazu, im Gespräch manche Dinge entweder ganz zu übersehen oder abzuwandeln. Sie tun das eher automatisch als vorsätzlich, weil es für das Überleben in dieser Gesellschaft notwendig ist.

Drittens: In Freistatt ist der Konkurrenzkampf groß. Man wird z. B. nicht angeheuert, wenn man von vornherein zugibt, »der zweitbeste Schwertkämpfer der Stadt« zu sein. Man schneidet also nicht nur auf, was die eigene Person betrifft, sondern setzt auch seinen gefährlichsten Rivalen herab oder ignoriert ihn. Folglich variiert die Rangordnung in Freistatt je nachdem, wer erzählt – oder mehr noch, wem man glaubt.

# Hanse Nachtschatten

# Der Vivisezierer

## Andrew Offutt

### 1

Natürlich krönte den Statthalterpalast ein Minarett. Die schmale, spitz zulaufende Kuppel ähnelte einer verlängerten Zwiebel. Die nadelähnliche Spitze, die hoch in den Himmel ragte, wurde stolz von einer Fahne geziert, welche das Wappen des Kaiserreiches Ranke trug *(Ranket Imperatris)*. Darunter führten Zinnen wie die Zähne von Pflanzenfressern rund um die Kuppel. Sollte der Palast je angegriffen werden, warnten sie: Hütet euch vor meinen Bogenschützen! Hütet euch vor siedendem Öl!

Alles am Palast war hochmütig und anmaßend, beleidigend anmaßend. Und hoch!

Nicht einmal von der Krone der (niedrigeren) Mauer um die Getreidespeicher auf der Straßenseite der Mauer, die den gesamten Komplex des Statthalterpalasts schützte, hätten Greifhaken herübergeworfen werden können, denn so stark war kein Mensch. Ein Pfeil jedoch könnte die Entfernung überbrücken.

In einer Nacht, als der Mond über Freistatt nicht der bleichen runden Brust einer Maid glich, sondern so schmal war, daß eine Sichel sich seiner Form geschämt hätte, sirrte eine Bogensehne wie eine reißende Lautensaite. Ein Pfeil flog zur Fahnenspitze des Statthalterpalasts. Wie die Spur einer fleißigen Spinne oder einer windgetragenen Raupe zog der Pfeil eine Seidenschnur hinter sich her, so dünn, daß sie von unten nicht zu sehen war.

Doch dann wurde sie mühsam und zeitraubend zurückgezogen, denn der Schütze hatte sein Ziel verfehlt.

Erneut legte er einen Pfeil an. Er schien eher Verwünschungen zu murmeln als Gebete. Er hob den Bogen ein wenig, zog die Sehne an die Wange und, das nachgiebige Holz herausfordernd, zog er sie noch stärker. Und nun, einen lauten Fluch ausstoßend, ließ er los. Der Pfeil schoß davon und zog seine spinnenfeine Schnur hinter sich her durch den bleichen Mondschein.

Es schien eine Nacht zu sein, in der Flüche, wenn schon nicht Gebete, erhört wurden. Das war passend und vielleicht auch bezeichnend für Freistatt, auch Diebeswelt genannt.

Der Schaft schoß vorbei an der Spitze des Minaretts und schnellte zurück. Die Schnur zwang ihn zu einem leichten Bogen. Er peitschte um die Spitze. Zweimal, dreimal, viermal wickelte sich die Schnur herum. So sehr zerrte sie an dem Schützen, daß er in arge Bedrängnis geriet. Es war nicht einfach, die Seidenschnur festzuhalten, die er für den Erlös von einem Paar prächtiger Ohranhänger aus Gold mit Amethysten und Chrysoprasen – gestohlen von ... Nun, das tat nichts zur Sache – erstanden hatte. Der Schütze zog an der Schnur, sehr heftig. Dadurch wikkelte sie sich noch fester um die vergoldete Spitze.

Dann erstarb jegliche Bewegung. Eine Trauertaube sprach zur Nacht, doch niemand glaubte, daß ihr klagender Ruf Regen vorhersagte. Nicht in Freistatt! Nicht zu dieser Jahreszeit! Der Schütze stemmte seine Füße auf die Mauerkrone und lehnte sich mit seinem vollen Gewicht auf die Schnur. Sie war eine straffe, reglose und unsichtbare Linie unter der armseligen Mondsichel.

Zähne blitzten in der Dunkelheit. Es waren die des Schützen, der auf der Getreidespeichermauer hinter dem Statthalterpalast von Freistatt stand. Sein üppiges Schwarzhaar war dunkler als die Mitternacht, und seine Augen unter Brauen, die fast zusammenwuchsen, nicht weniger. Der Nase fehlte nicht viel und sie hätte einem Raubvogel Ehre gemacht.

Er sammelte seine Sachen zusammen, sammelte sich selbst, schluckte schwer, wickelte von der Schnur um sich, was er konnte, bis sie so knapp war, daß er auf Zehenspitzen stehen mußte.

Dann murmelte er etwas, das einem Gebet sehr nahe kam und schwang hinaus.

Hinaus über die Straße, die breit genug war für mehrere große Kornwagen nebeneinander, und über sie hinweg. Die hohe Mauer brauste ihm entgegen.

Obwohl er die Knie angezogen hatte, bis sie fast an die Brust drückten, genügte der Aufprall an der unnachgiebigen Mauer, seine Zähne zum Klappern zu bringen und Gebete in Verwünschungen zu verwandeln. Nichts brach, weder Beine noch Seidenschnur. Und ganz gewiß nicht die Mauer aus vier Fuß dicken Quadersteinen.

Die Schnur unter einem Schenkel, quer über den Körper und über die andere Schulter geschlungen, erklomm er mit ihrer Hilfe die Mauer, Fuß über Fuß, Hand über Hand, schritt er geradezu auf den ausgesuchten, lückenlos zusammengefügten Quadersteinen, umkletterte den Tod, denn der wäre ihm sicher, rutschte er aus. Die Straße war tief unter ihm, und der Abstand wurde mit jedem Schritt größer.

Doch daran dachte er nicht, genausowenig wie an den Tod, denn mit der Möglichkeit, daß er ausgleiten konnte, befaßte er sich nicht.

Ein großer Krieger war er nicht. Bogenschützen gab es viele, die genausogut schossen oder besser. Als junger Mann aber war er vollkommen: schlank, drahtig und stark. Er war ein äußerst fähiger Einbrecher und Dieb in einer Stadt, die man nach den Dieben benannte, kein einfacher Taschendieb. Und als Einbrecher war er ein ausgezeichneter Kletterer, wie es keinen besseren und vermutlich nicht einmal einen gab, der an ihn herankam. Er war auch sehr geschickt darin, durch hochliegende Fenster zu schlüpfen.

Seine Kleidung, seine Farbe waren für die Nacht und die Schatten gemacht. Sie waren alte Freunde, er und die Schatten.

Er glitt nicht aus. Er kam höher. Er stemmte sich auf die breite Mauer des Statthalterpalasts von Freistatt. Sicher zog er sich durch eine der Lücken zwischen den Zinnen. Und er war zu Hause – in den Schatten.

Nun blickte er auf den Palast selbst, den Palast des goldenen Prinzen, der von Ranke geschickt worden war, um über Freistatt zu regieren (oder so zu tun). Der Dieb lächelte, doch mit geschlossenen Lippen. Hier gab es Tiger in Gestalt von Wachen, und junge Zähne würden selbst in diesem schwachen Mondlicht blitzen. Diese Vorsicht bezeugte nur einen winzigen Teil seines Könnens.

Er war noch erstaunlich jung, aber niemand wußte sicher, ob er neunzehn, zwanzig oder ein wenig darüber war. Nein, niemand in dieser verrufenen Stadt, die die Rankaner, die Eroberer, Diebeswelt nannten, wußte es mit Sicherheit.

Seine Mutter wußte es vermutlich – bestimmt nicht sein Vater, den er gar nicht und sie nur beiläufig gekannt hatte, denn dieser Dieb war ein Bastard von Geburt, und sehr häufig benahm er sich auch wie einer –, aber wer wußte, wer oder wo seine Mutter war?

Unterhalb der Mauer lagen Nebengebäude und ein Hof von der Größe einer Durchgangsstraße oder dem Marktplatz einer kleinen Ortschaft, und Wachen gab es dort. Auf der anderen Seite erhob sich der Palast. Wie der Dieb war auch er ein Schatten, aber ein weit beeindruckenderer.

Der Dieb war schon einmal dort eingebrochen. Oder vielmehr, er hatte heimlich Zugang gefunden, denn jenes andere Mal hatte er Hilfe gehabt: Ein Tor war für ihn unverschlossen und eine Tür einen Spalt offen geblieben.

Auf diese Weise hineinzugelangen, war viel leichter und seiner jetzigen Art vorzuziehen. Doch zu jener Zeit hatte sein Auftraggeber vorgehabt, den Prinz-Statthalter öffentlich in Verlegenheit zu bringen und seinen Sturz zu bewirken, der Dieb jedoch nicht.

Prinz Kadakithis war auch keineswegs ein Feind dieses jungen Mannes, der in den Schatten des falschen Stadtviertels das Licht der Welt erblickt hatte. Der Dieb hatte dem rankanischen Prinzen zwei beachtliche Dienste erwiesen. Dafür war er belohnt worden, wenn auch nicht so fürstlich, daß er den Rest seines Lebens ausgesorgt hätte.

Nun, in dieser Nacht des winzigsten Mondes, stand er auf der Mauer und holte seine Schnur unter sich ein. Sie blieb weiterhin straff gespannt, daran mußte er glauben. Denn tat sie es nicht, würde er unten zerquetscht werden wie ein hinuntergefallener Granatapfel.

Er zog an der Schnur, wappnete sich, schluckte schwer, und stieß sich von der Wand ab ins Leere. Lediglich sein Magen sank zwei Stockwerke tiefer, er selbst glücklicherweise nicht. Seine gestiefelten und weich gepolsterten Füße schlugen gegen eine Wand aus gelbbraunem, gehauenem Stein. Der Aufprall war kein Vergnügen, und er mußte einen Schmerzenslaut unterdrücken.

Dann kletterte er hoch.

»Hast du das auch gehört, Frax?« Eine Stimme wie ein pferdegezogener Schlitten, der über harten Boden schleift, nicht über Stein oder Sand, sondern festgetretene, trockene Erde.

»Mmm? Hm? Huh? Was?« erklang eine tiefere Stimme.

»Ich fragte: Frax, hast du das auch gehört?«

Schweigen. (Der Dieb verhielt sich völlig still, Hände, Unterarme und Oberkörper auf dem Palast, der Rest nach unten hängend.)

»Mhm. Ich hab' was gehört, Purter. Ich hab' gehört, wie sie gesagt hat: ›O Frax, du bist wundervoll! Du bist der Beste! Und jetzt lutsch mal eine Weile an dieser, Liebling.‹ Und dann hast du mich aufgeweckt, du Hund!«

»Wir sollen Wache halten, nicht schlafen, Frax, verdammt! Wer war sie?«

»Sag' ich dir nicht. Nein, ich hab' nichts gehört. Was wär' schon zu hören? Eine Armee Abwinder, die die verfluchte Mauer stürmen? Jemand, der auf einer Eule fliegt?«

»Huh!« Purters Stimme verriet einen Schauder. »Sag so was nicht. Es ist so schon dunkel und gespenstisch genug heute nacht.«

»Abergläubischer Hund!« tadelte Frax und legte den Kopf wieder auf die angezogenen Knie.

Während ihrer Unterhaltung hatte der Dieb sich ganz hochgezogen. Er verursachte so gut wie kein Geräusch, doch selbst wenn er mit den Fingern geschnippt hätte, würden die Dummköpfe es nicht gehört haben. Er wand sich durch eine weitere Lücke zwischen den Zinnen und auf den Wehrgang, der etwas unterhalb der Zwiebelkuppe, aber höher als die Außenmauer, rund um den Palast führte. Die Wachen, die etwas hören, brabbeln hier nur, dachte der Dieb verächtlich. Er schüttelte den Kopf. Er könnte diese verweichlichten »Soldaten« etwas über Sicherheitsvorkehrungen lehren. In einer Stadt wie dieser verstand ein Zivilist davon weit mehr. Erstens einmal, wenn man auf Wachdienst etwas hörte, verhielt man sich völlig still und lauschte. Dann verursachte man ein leises Geräusch, um Sorglosigkeit vorzutäuschen und den vermuteten Eindringling in Sicherheit zu wiegen und dazu zu bringen, sich zu verraten.

Wie der Schatten eines Schatten huschte er den Wehrgang entlang, zwischen der sanften Biegung der Kuppe und den Zinnen. Nach einunddreißig Schritten vernahm er das Scharren von Stiefelsohlen und das leichte Schleifen eines nachgezogenen Lanzenschafts eines sorglosen Wächters. Er ließ sich lautlos auf den Boden fallen und drückte sich so dicht wie nur möglich an die Außenwand des Wehrgangs. Völlig ruhig lag er da, ein Schatten im Schatten.

Eine Spinne wanderte über seine Schulter, über die Wange zu dem schwarzen Wuschelhaar, und blieb ungestört. Sie spürte Wärme, doch keine Bewegung, nicht das leiseste Zucken. (Hätten Verwünschungen etwas vermocht, würde sie allerdings bereits nicht mehr leben.)

Den Lanzenschaft hinter sich herziehend, schlurfte der Wächter vorbei. Blind und taub, dachte der Dieb. Wie zuvorkommend von den Wächtern, Geräusche zu machen, statt sich still zu verhalten und zu lauschen!

Da der Wächter nach links weiterstapfte, huschte der Dieb nach rechts, nordwestwärts. Er trug ein Band aus Leder und Kupfer um seinen rechten Oberarm und ein breiteres Schutzband aus schwarzem Leder um das Handgelenk desselben Arms. In jedem steckte ein scharfes Wurfmesser mit einer blattförmigen Klinge von stumpfem Blauschwarz. Ein weiteres verbarg sich im Schaft seines linken Halbstiefels, wo Scheide und Griff Verzierungen vortäuschten. Andere Waffen trug er nicht, jedenfalls keine sichtbaren, und ganz sicher weder Schwert noch Axt, und der Bogen lag am Fuß der Getreidespeichermauer.

Er blieb stehen, stieg in eine etwas über zwei Fuß tiefe Zinnenlücke, und spähte in die Dunkelheit. Ja. Da war das Türmchen des Tempels der heiligen immerwährenden Jungfrau Allestina, armes Ding. Es war der erste der Orientierungspunkte, die er am Nachmittag so sorgfältig ausgewählt hatte.

Der Dieb beabsichtigte nicht, aufs Geratewohl durch irgendein Fenster in den Palast einzusteigen. Er wußte genau, durch welches er eindringen würde.

Schnur und Pfeil zurückzuholen, war weit schwieriger als erwartet. Er unterdrückte seine Verwünschungen. Knüpfte man einen Strick zehnmal fest und verließ sich darauf, löste das verfluchte Ding sich möglicherweise. Schoß man einen Pfeil, um eine Schnur, dünner als der kleine Finger, um eine verdammte vergoldete Messingfahnenstange zu wikkeln, mußte man sich plagen, das verflixte Ding freizukriegen!

Innerhalb von vier bis sechs Minuten (begleitet von lautlosen Flüchen) hatte er durch vorsichtiges Schütteln der Schnur, durch abwechselndes Ziehen und Lockerlassen, den Pfeil endlich dazu gebracht, seine liebevolle Umarmung der Fahnenspitze zu lösen. Mit flatternder Schnur stürzte der Pfeil herunter. Mit einem Klappern, das für den Dieb im Schatten wie Donner an einem wolkenlosen Tag klang, fiel er.

Die schläfrigen Wachen hörten jedoch keinen Donner. Nur der Dieb vernahm ihn. Er zog Schnur und Pfeil ein. Geduckt griff er in seinen enganliegenden Rückenbeutel und holte zwei Hartholzzylinder heraus, die mit schwarzem Tuch umwickelt waren. Um sie rollte er seine Schnur, nachdem er den Pfeil losgebunden hatte. Eine Weile lauschte er still. Eine Fliege summte ruhelos und laut. Der Dieb hörte jedoch nichts, was angezeigt hätte, daß jemand aufmerksam geworden wäre und Verdacht schöpfte.

Er richtete sich auf und huschte weiter – den Wehrgang um den Palast entlang, zwischen Kuppel und Zinnenzähnen.

Mit der Geschmeidigkeit einer Katze, die jeder Beobachter unheimlich gefunden hätte, erreichte er seinen zweiten Orientierungspunkt. Eingerahmt von zwei Zinnen konnte er ihn weit in der Ferne sehen: die purpurschwarze Form des Julavainberges. Wieder lächelte er mit zusammengekniffenen Lippen.

Eine Zinne wurde zur Winde mit Hilfe der zwei Holzzylinder, die er zu diesem Zweck mitgebracht hatte. Sie würden die Seidenschnur abrollen und verhindern, daß der Stein sie zerfaserte. Ein Ende band er sich um die Fußgelenke. Er erstarrte, als der Wächter wieder vorbeikam; noch müder zog er den Lanzenschaft hinter sich her, offenbar gab er sich gar keine Mühe mehr, sich wach zu halten.

Und dann war die Stille so dicht, daß man sie mit einem Messer, an denen der Dieb keinen Mangel hatte, hätte durchschneiden können. Er wartete. Und wartete.

Endlich stieg er, immer noch geduckt, in die Zinnenlücke. Rückwärts wand er sich hindurch und ließ sich an der Wand hinunter, tiefer und tiefer, bis er zu einem bestimmten Fenster in Rautenform gelangte. Es sah nicht nur schön aus, es machte auch einen Einstieg schwieriger.

Mit größter Vorsicht drehte er sich um, ließ sich noch ein Stück tiefer herab, bis er verkehrt herum vor dem Fenster hing. Das Blut stieg ihm in den Kopf, während er Muskeln und Blick anstrengte, bis er sicher war, daß niemand sich in dem Gemach befand, in das er spähte.

Grinsend rollte Hanse, der Dieb, sich herum und stieg lautlos ins Schlafgemach Kadakithis', Seiner Rankanischen Hoheit, Prinz-Statthalter von Freistatt, ein.

Er hatte es wieder einmal geschafft! Und diesmal allein, ohne Hilfe. Er hatte die Mauer bezwungen, war den Wächtern entgangen, in den Palast eingedrungen und befand sich im Schlafgemach des Prinz-Statthalters höchstpersönlich.

*Nun, Lord Prinz, Ihr wolltet Nachtschatten sehen – hier ist er. Er wartet auf Euch!* Das waren seine Gedanken, wärend er seine Fußgelenke von der teuren Seidenschnur befreite und seine Handschuhe auszog. Wenigstens wartet diesmal keine Bettgespielin auf ihren jugendlichen Herrn.

In seinem freudigen Stolz hätte Hanse am liebsten laut gelacht.

»Ein hübsches Mädchen hat dies für dich abgegeben, Hanse«, hatte Mondblume, die Seherin, zu ihm gesagt. »Sie hat es von einer andereren zusammen mit einer Münze als Botenlohn bekommen, und diese hat es wieder von einer anderen.«

Hanse hob die dunklen Brauen, hakte einen Daumen in den Pferdeledergürtel, den er über eine knallrote Schärpe geschnallt trug. Von dem Gürtel hing an einer Seite ein Krummdolch und an der anderen ein Ilbarsi-Messer, so lang wie sein ganzer Arm.

»Das hast du *gesehen,* Mondblume?«

Sie lächelte, eine unendlich fette Frau, deren Name so gar nicht zu ihrem Aussehen paßte, und deren Gesäß über die beiden Kissen auf dem niedrigen Hocker quoll. Für sie war er ein jungenhafter Bursche, und schon immer hatte er es fertiggebracht, sich mit seinem Charme, den sie nahezu als einzige erkannte, bei ihr einzuschmeicheln.

»O nein«, antwortete sie fast schelmisch. »Soviel Mühe brauchte ich mir gar nicht zu machen. Ich erfahre auch so allerhand, weißt du?«

»Oh, ich weiß, daß du viel weißt, mein schlauer Liebling«, versicherte er der unförmigen Gestalt in ihren vielen Lagen von Röcken, jeder von mehr als einer anderen Farbe. »Und diesmal wirst du mir verraten, woher du weißt, was du weißt, das weiß ich.«

Sie warf ihm eine wachsversiegelte Walnußhülle zu. »Du kennst mich zu gut, nicht wahr, du schlauer Fuchs. Riech mal!«

Wieder hob er die fast zusammengewachsenen Brauen und hielt die Nuß an die Nase. Er rollte die Augen. »Aha! Parfüm! Ein sehr teures. Die Zeiten sind also gut für die einzige wahre Magierin von Freistatt.«

»Du weißt genau, daß das nicht mein Parfüm ist!« rügte sie ihn, nicht ohne den Kopf mit den blauschwarzen Zöpfen zu einem schelmischen Blick schief zu legen.

»Jetzt weiß ich es«, sagte Nachtschatten verschmitzt und sah sehr nett aus im hellen Sonnenschein. »Weil du es mir gesagt hast. Du hast die Walnuß also von einem reichen Mädchen, das teures Parfüm benutzt. Ich nehme an, sie trug dieses hübsche Stück zwischen den Brüsten.«

Mondblume hob einen ihrer fleischigen Finger. »Ah, so ganz hast du es noch nicht. Das Parfüm an der Walnuß ist nicht meines, aber das Mädchen, das sie mir gab, benutzte keines.«

»O Mondblume, Stolz der S'danzo und ganz Freistatts! Bei Ils, wenn der Prinz-Statthalter von deinem Genie wüßte, hielte er sich ganz gewiß nicht diesen häßlichen alten Scharlatan am Hof, sondern dich, nur dich! Also, aus dem Parfüm schließt du, daß da eine dritte Frau ist, die diese Nuß und eine Münze einer anderen gab, um sich an dich und durch dich an mich zu wenden.« Er schüttelte den Kopf. »Wie umständlich. Aber wieso glaubst du, daß dieses Ding wiederum von einer anderen ist?«

»Ich habe die Münze gesehen«, erklärte Mondblume, ganz mädchenhaft in einem Körper, der eine Tür verbarrikadieren könnte.

»Es haftete ihm noch ein anderer Duft an?«

Mondblume lachte. »O, Hanse, Hanse. Ich *weiß* es, und bald wirst auch du es wissen, sobald du die Nuß geknackt hast. Bestimmt enthält sie eine Botschaft von jemandem, der nicht wollte, daß irgend jemand weiß, daß er sie dir schickt.«

»Er?«

»Möchtest du wetten?«

Er, der Nachtschatten genannt wurde, drückte die Walnuß in gespieltem Schrecken an sich, mit der anderen Hand umklammerte er theatralisch seinen Beutel. »Mit dir, bei deiner Weisheit, wetten? Nie! Noch niemand hat mich dumm genannt.« Nun, fast niemand, fügte er in Gedanken hinzu und dachte an den stämmigen Fremden, den Höllenhund Tempus – Tempus, der – was?

»Na, verschwinde schon und öffne sie ungestört. Du raubst mir die Zeit, für die Kunden mich bezahlen.«

Es waren gegenwärtig keine zu sehen, wie Hanse sich vergewisserte, ehe er sagte: »Einen Moment.« Mit dem Daumennagel zerteilte er das bräunliche Wachs entlang der Verbindung der zwei Walnußhälften. Er wußte, daß Mondblume die Stirn runzelte, weil sie meinte, er solle das unbeobachtet tun, aber er wußte auch, was er tun wollte. Eine Geste, lediglich eine Geste! Er holte das Stückchen extra feinen Papiers heraus und steckte es, zusammengefaltet wie es war, in seine Schärpe. Die Nußhälften drückte er wieder zusammen, preßte das Wachs mit dem Daumen zurück in die Verbindungsstelle und reichte die Nuß der S'danzo, die immer wieder bewies, daß sie eine echte Seherin war.

»Für Mignureal«, sagte er und täuschte Verlegenheit vor. »Damit ihr Mieder duftet oder sonst was.«

Einen flüchtigen Moment bewölkte sich Mondblumes teigiges Gesicht, denn ihre großäugige Tochter war verliebt in diesen gefährlichen Jungen von Abwind, von dem jeder wußte, wie er sich seinen Unterhalt verdiente. Doch dann lächelte sie und nahm die duftende Nußschale entgegen. Schnell verschwand sie unter dem Schultertuch in dem Spalt zwischen den üppigen Brüsten, den sie ihre Schatztruhe nannte.

»Du bist so ein lieber Junge, Hanse. Ich werde es ihr geben. Und jetzt sieh zu, daß du weiterkommst und die Botschaft liest. Wer weiß, vielleicht möchte sich eine hochgeborene Dame mit einem so hübschen Jungen vergnügen.«

Der drahtige junge Mann, genannt Nachtschatten, hatte sie daraufhin verlassen. Sein Lächeln, ja selbst die freundliche Miene schwand, und er stolzierte dahin wie ein Mrsevadanischer Kampfhahn. Seine jetzt grimmige Miene und sein Gang gehörten zu seiner Schau, von der niemand gewagt hätte zu behaupten, sie rühre von einem Minderwertigkeitsgefühl her. Er wußte, daß er, trotz Mondblumes gegenteiliger Meinung, nicht hübsch war. Er war auch nur durchschnittlich groß, und das größte an ihm war seine Ich-Bezogenheit. Seine Lippen, die manche sinnlich fanden, hielt er für zu voll. Auch an seinen Spitznamen hatte er sich erst gewöhnen müssen. Sein seliger Meister Klauer Eidschwörer hatte ihm versichert, daß es gut war, einen Spitznamen zu haben, selbst einen wie »Klauer Eidschwörer«. Hanse war ein gewöhnlicher Name, »Nachtschatten« dagegen hatte einen romantischen, finsteren Klang, der dem Jungen zusagte.

Nachdem er Mondblume verlassen hatte, dachte er daran, daß er tatsächlich eine Liebschaft mit einer schönen Dame gehabt hatte. Hochgestellt war sie nicht gewesen, wohl aber prächtig gekleidet, und sie hatte im Palast gewohnt. Ihre Aufmerksamkeit hatte ihm geschmeichelt, und auch seine Habgier war auf ihre Kosten gekommen. Erst später hatte er herausgefunden, daß sie nicht wirklich an ihm interessiert gewesen war. Sie und ein Mitverschwörer handelten im Auftrag einer hochgestellten Persönlichkeit in Ranke – vielleicht des Kaisers höchstpersönlich, der Kadakithis nicht ganz traute oder ihm sein gutes Aussehen neidete? –, der den neuen Prinz-Statthalter in Verruf bringen oder gar vernichten wollte. Als ihr Werkzeug hatten sie sich Hanse ausgewählt. Aber er war nur kurz auf sie hereingefallen. Aber das war längst vorbei, im Moment stolzierte er die Straßen entlang. Sein Blick wirkte nicht weniger gefährlich als die Waffen an ihm. Einige verließen sogar den schmalen Bürgersteig, um ihm Platz zu machen, und verfluchten sich (lautlos) dafür. Trotzdem würden sie es das nächste Mal wieder tun. Allein durch sein Aussehen, den finsteren Blick, die scharfen Klingen, wirkte er »etwa so angenehm wie Wassersucht oder das Zipperlein«, wie ein bestimmter Kaufmann ihn einmal beschrieben hatte.

Nun, er lebte jedenfalls noch, was man weder von der schönen Verschwörerin, noch von ihrem Komplizen, dem verräterischen Höllenhund, behaupten konnte. Außerdem war Kadakithis ihm dankbar. Und jetzt, stellte Hanse erstaunt in seiner Unterkunft fest, hatte der Prinz-Statthalter ihm sogar eine Botschaft geschickt!

Er kannte das Siegel und die gekritzelte Unterschrift von anderen öffentlichen Verkündungen. Da Prinz Kadakithis wußte, daß Hanse nicht lesen konnte, hatte er sich auf dem feinen Papier nicht schriftlich ausgedrückt, sondern mit Hilfe geschickter Zeichnungen. Vom Statthaltersiegel streckte sich eine Hand aus, die auf einen dunklen Klecks deutete. Es war die Form eines Menschen: ein Schatten. Darunter befand sich ein unordentlicher Haufen (Rübenschnitzel?), von dem gerade Linien ausstrahlten. Nachtschatten runzelte nur flüchtig die Stirn. Dann glaubte er zu verstehen.

Der P-S möchte, daß ich zu ihm komme und verspricht eine Belohnung: glänzende Münzen. Er hat die Botschaft in der Walnußschale versiegelt und einer seiner Haremsfrauen mit genauen Anweisungen übergeben. Niemand sollte wissen, daß Hanse, der Dieb, eine Nachricht vom Prinz-Statthalter erhielt, denn sonst würde man ihn wie die Pest meiden. Also suchte die Haremsfrau ein Mädchen, dem sie die Walnuß und eine Münze mit den Anweisungen ihres Gebieters weitergab: »Bring dies zu Mondblume, für Hanse.«

Und sie hatte diese Anweisung genau befolgt, ohne zu versuchen, die Walnuß aufzubrechen, um vielleicht zu größeren Werten als der Münze zu kommen. Es geschehen also immer noch Wunder, dachte Hanse und blickte nachdenklich auf die ungewöhnliche Botschaft. Hätte die Überbringerin die Nußschale geöffnet, würde sie gewiß die Nachricht weggeworfen haben.

Oder sie hatte sie hastig wieder zurückgelegt, um damit zu Mondblume zu eilen. Vielleicht weiß doch jemand, daß Hanse eine Botschaft erhielt, mit einer winkenden Hand unter dem rankanischen Siegel und einem Haufen Goldstücke. Ich hoffe, sie gehört zu den verschwiegenen Frauen! Wenn ich wüßte, wer sie ist, würde ich ihr Angst einjagen, damit sie auch bestimmt den Mund hält. Aber vielleicht hat sie die Schale wirklich nicht geöffnet.

Die Sache ist, ich möchte nicht in den Palast spazieren, weder bei Tag noch bei Nacht. Wie würde das aussehen! Ich!

Außerdem spioniert bestimmt irgend jemand im Palast für irgend jemanden in der Stadt. Und dann würde die Nachricht die Runde machen. Hanse ist gerade in den Palast spaziert. Man ließ ihn ohne weiteres ein. Hütet euch vor ihm! Er ist vielleicht ein Spitzel des goldhaarigen Prinzen!

All diese Gedanken waren Hanse durch den Kopf gegangen, und noch mehr, bis er anfing zu grinsen und zu planen. Und dann hatte er die Lage ausgekundschaftet. Jetzt war er eingebrochen und niemand hatte ihn gesehen oder wußte etwas davon. Jetzt wartete er im höchst privaten Schlafgemach auf denjenigen, der ihn gerufen hatte.

Während er so dasaß und seinen Gedanken nachhing, bewölkte sich seine Stirn. Ein Prickeln durchzog seinen Arm, wurde immer stärker.

Als ahnungsloses Werkzeug der schönen Lirain, die ihn so geschickt (und ohne jegliche Mühe) verführt (oder vielmehr hereingelegt) hatte, war er schon einmal in dieses Gemach gelangt, ebenfalls bei Nacht, ebenfalls heimlich. Damals hatte er das Savankh gestohlen, den Statthalterstab, das Zeichen rankanischer Herrschaft. Aber es war alles gut ausgegangen, Statthalter und Dieb hatten sich geeinigt, und als Belohnung hatte der Prinz ihm Pardon für alle begangenen Gesetzesübertretungen gewährt – nachdem Hanse ihm versicherte, daß er noch nie einen Menschen getötet hatte. (Inzwischen hatte er es allerdings getan, aber es hatte ihm weder Freude gemacht, noch war er stolz darauf.) Auch Geld hatte das Abenteuer ihm eingebracht. Bedauerlicherweise befand sich das jedoch in zwei Sattelbeuteln, die immer noch nicht geborgen auf dem Grund eines Brunnens seiner harrten. Er konnte nur hoffen, daß das Leder dieser Beutel etwas aushielt.

Nun war er zum zweitenmal heimlich hier eingedrungen. Diesmal hatte er bewiesen, daß er ohne Hilfe von außen in das Gemach gelangen konnte. Was war, wenn Kadakithis sich darüber Gedanken machte?

Hanse empfand Hochachtung vor dem scharfen Verstand des jugendlichen Prinzen, und er wußte auch, wie gerissen er sein konnte. Er war dabei – und, wenn auch nicht aus freiem Willen, daran beteiligt gewesen –, als der Prinz auf schlaue Weise die beiden Verschwörer, Bourne und Lirain, vernichtet hatte.

Angenommen, grübelte Hanse, Kadakithis machte sich Gedanken über sein Eindringen? Dachte darüber nach, daß es außer Seiner kaiserlichen Hoheit noch jemanden in Freistatt gab, der nach Belieben in seine Gemächer gelangen konnte. Und zwar ohne daß die Wächter oder sonst jemand darauf aufmerksam wurden! Angenommen, dieser Jemand kam einmal als Dieb? Oder in jemandes Auftrag als Meuchelmörder? Könnten solche Überlegungen nicht alles Wohlwollen, das Kadakithis für ihn empfand, in Argwohn verwandeln? War es nicht möglich, daß er es für unklug hielt, Nachtschatten, dem Dieb, der vielleicht auch noch skrupellos war, zu trauen? Würde er in seinen Überlegungen etwa gar noch weiter gehen und zu der Einsicht kommen – einer weisen, wie er es sehen würde –, daß alles in allem Hanse weit eher gefährlich als nützlich war?

In diesem Fall mochte der Prinz-Statthalter zu dem Schluß gelangen, daß er und somit Freistatt und dadurch Ranke ohne solche Sorgen besser dran wären. Und wenn, kam ihm vielleicht die Idee, daß die Welt sicherer wäre, ohne Hanses Anwesenheit.

Und die Welt würde sich bestimmt nicht um das Ableben eines eingebildeten jungen Diebes scheren.

Hanse schluckte, blinzelte. Steif saß er auf einem prächtigen Diwan in dem prunkvollen Gemach und ließ sich alles wieder und wieder durch den Kopf gehen. Er kam zu seinem eigenen Schluß.

Ich war ein Narr. Ich tat das alles aus Stolz, um zu beweisen, wie geschickt, wie klug ich bin. Ein geschickter Einbrecher mag ich ja sein, aber ansonsten bin ich dumm. Daß ich hier bin, wenn er sein Gemach betritt, könnte zu seiner Unterschrift auf einem anderen Schreiben führen – auf meinem Todesurteil. Oh, bei der Pest und allen sonstigen Seuchen, was habe ich bloß getan?

Nichts, dachte er tief seufzend, das nicht ungeschehen gemacht werden könnte – hoffte er zumindest. Er mußte jetzt bloß so wieder von hier verschwinden, daß niemand ihn bemerkte und niemand je erfuhr, daß er hier eingebrochen war. Er schaute sich um und schluckte schwer. Es fiel ihm wahrhaftig schwer und ging ihm gegen den Strich, nichts zu stehlen!

So kehrte Nachtschatten zum Fenster zurück und machte sich müde und mühsam daran, aus dem Statthalterpalast auszubrechen.

## 2

»Es hat sich ergeben, daß ich Hilfe brauche«, erklärte Prinz Kadakithis. »Und ich wüßte nicht, wie ich sie mir durch Drohungen erzwingen könnte.«

»Auch nicht von mir?«

»Auch nicht von dir, Hanse. Und wenn du mir nicht helfen willst, könnte ich dich deshalb nicht einmal bestrafen.«

»Freut mich zu hören. Aber ich wußte nicht, daß es etwas gibt, was ein Statthalter, geschweige denn ein Prinz, nicht tun kann.«

»Nun, Nachtschatten, jetzt weißt du es. Selbst Kittycat ist nicht allmächtig.«

»Ihr braucht Hilfe, die Ihr von Euren Höllenhunden nicht bekommen könnt?«

»So in etwa, Hanse. Meine *kaiserliche Leibgarde* kann mir hier nicht helfen. So zumindest sehe ich es.«

»Ich wünschte wirklich, Eure Hoheit, Ihr würdet Euch setzen, damit ich nicht länger stehen muß.«

Kadakithis schritt über den dicken Prunkteppich seines Schlafgemachs und setzte sich auf den Rand der Pfauenbettdecke. »Setz dich auf den Diwan, Hanse, oder auf die Kissen, was dir lieber ist.«

Hanse dankte mit einem Nicken. Er ließ sich auf die Kissen fallen und unterdrückte ein Grinsen. Vergangene Nacht hatte er auf dem Diwan gesessen, und nur er wußte es. Heute wählte er den Luxus der weichgefüllten aurveshanischen Seidenkissen. (Quag, der Höllenhund, hatte Wachdienst am Tor gehabt. Er hatte den vermummten, blinden Bettler erkannt, der ihm zugeblinzelt hatte. Und nachdem er sich dachte, daß Hanse eingeladen worden war, hatte er den scheinbar blinden Bettler zu Seiner Hoheit geführt. Der Kapuzenumhang lag nun auf dem Bett neben dem Prinzen, der Hanses Klugheit in der Wahl seiner Tarnung gelobt hatte. Hanse unterließ es zu erwähnen, wieviel geschickter sein gestriges Eindringen gewesen war.)

Nun dachte er, daß er einen kleinen Vorstoß wagen

dürfe. »Entweder habe ich falsch verstanden, oder Ihr habt tatsächlich gesagt, daß Ihr mich für etwas braucht, was die Höllenhunde – verzeiht, Eure Leibgardisten – nicht tun können. Oder etwas, wobei Eure Hoheit ihnen nicht trauen können? Oder etwas, das sie nicht wissen sollen.« Da kam es ihm. »Oder – etwas Ungesetzliches?«

»Nichts, was du gesagt hast, werde ich bestätigen oder leugnen.« Der Prinz blickte ihn an. Der Junge bringt es hervorragend fertig, geheimnisvoll auszusehen, dachte Hanse, ohne die Tatsache zu bedenken, daß sie in etwa gleichaltrig waren.

»Wenn der Prinz meine Worte verzeihen – sein Sicherheitsoffizier wird bestimmt vor einer solchen – ah – Mission nicht zurückschrecken.«

Der jugendliche Statthalter blickte ihn weiterhin wortlos an. Lediglich eine bleiche Braue hob sich ganz leicht unter der beneidenswert hübschen Mähne safrangelben Haares.

Jetzt war Hanse es, der ihn anstarrte. »Tempus! Es hat mit ihm zu tun, nicht wahr? Ich habe ihn seit Wochen nicht mehr gesehen!«

Kadakithis richtete die Augen blicklos auf einen kostbaren yenizedischen Wandteppich. »Genausowenig wie ich, Hanse.«

»Er ist nicht in einer Mission für Eure Hoheit unterwegs?«

»Nein, ist er nicht. Er ist verschwunden. Aber wer könnte an seinem Verschwinden interessiert sein?«

Hanse war vorsichtig, wenn Auskunft von ihm erbeten wurde, doch sah er keinen Grund, diese Frage nicht zu beantworten. »Oh, die halbe Stadt, würde ich sagen, mindestens. Ich würde sagen, all diejenigen, die auch nichts gegen das Verschwinden des Statthalters hätten. Verzeiht, Prinz. Oder des Kaisers. Oder Rankes.«

»Hmm. Nun, ein Reich wird durch Eroberung aufgebaut, nicht durch Liebe, allerdings ist beides oftmals dasselbe. Aber ich habe mich bemüht, gerecht zu sein und nett zu den Leuten.«

Hanse überlegte.

»Es ist möglich, daß Ihr netter seid, als wir erwartet hatten.«

»Hübsch ausgedrückt. Sorgfältig gewählte Worte. Du könntest vielleicht noch einmal Diplomat werden, Nachtschatten. Und die *Höllenhunde?* Was ist mit ihnen?«

Hanse lächelte flüchtig, weil jetzt auch der Prinz seine Leibgarde bei dem Namen nannte, den das Volk ihr gegeben hatte, und mit dem die Burschen sich nun selbst ebenfalls gern betitelten. Es war ein Name mit romantischem, ein wenig finsterem Klang, wie er ihresgleichen gefiel.

»Soll ich das einem von Ranke, der soviel Macht besitzt, beantworten. Welche Macht habe ich denn?«

»Du hast Einfluß beim Prinz-Statthalter, Hanse. Und bei seinem Sicherheitsoffizier. Du hast das Komplott gegen mich aufgedeckt und mir geholfen, etwas dagegen zu unternehmen.* Dann hast du diesen schrecklichen Zauberstock beschafft, nicht ohne Schmerzen.** Außerdem hast du auch Tempus in einer Angelegenheit geholfen.*** Nun gleichen wir uns zumindest in einer Sache, nicht wahr?«

* In NACHTSCHATTEN von Andrew Offutt, in: *Die Stadt der Diebe*, Bastei-Lübbe 20089.

** In SCHATTENPFAND von Andrew Offutt, in: *Zum wilden Einhorn*, Bastei-Lübbe 20093

*** In VASHANKAS GÜNSTLING von Janet Morris, in: *Zum Wilden Einhorn*, Bastei-Lübbe 20093.

»Gleichen? Ich? Hanse von Freistatt dem Bruder des Kaisers?«

»Stiefbruder«, berichtigte der Prinz und bedachte sein Gegenüber mit einem Blick aus großen blauen Augen. Er erinnerte Hanse an seine eigene, hin und wieder vorgetäuschte Unschuldsmiene. »Ja. Jetzt haben wir beide getötet. Ich Bourne. Du – in jener Nacht, als Tempus sein Pferd verlor.«

»Der Prinz-Statthalter hat so seine Kenntnisse«, bemerkte Hanse.

»Wieder eine vorsichtige, diplomatische Formulierung. Hör zu: Tempus hat es sich in den Kopf gesetzt, Jubals Falkenmasken fertigzumachen. Hast du eine Ahnung, weshalb?«

»Vielleicht ist Tempus ein Rassist?« Diesmal setzte Hanse seine Unschuldsmiene auf.

Damit schien er jedoch nicht durchzukommen. Dieser goldhaarige Junge war klüger als Mondblume, trotz ihrer übernatürlichen Fähigkeit. Hanse seufzte. »Ihr wißt es. Jubal ist Sklavenhändler, und seine Leute mit ihren blauen Falkenmasken sind gefürchtet. Jubal wird respektiert und hat Macht. Tempus arbeitet für Euch, für die rankanische Macht.«

»Darauf wollen wir nicht wetten. Würdest du sagen, man könnte sein Töten dieser Männer in den blauen Vogelmasken als Mord betrachten, Hanse?«

»Aus der Sicht der Betroffenen, gewiß«, sagte Hanse zu der glänzenden Tischplatte. »Aus seiner, der uns ›Winder‹ nennt, bestimmt nicht.«

Der Prinz konnte nicht verhindern, daß er leicht zusammenzuckte. »Harte Worte, Hanse von Freistatt, zu einem, der die Kinder Ils' nicht ›Winder‹ schimpft!«

»Ja, und ich wollte, ich hätte sie nicht gesagt. Überhaupt wünschte ich, ich wäre nicht hier! Wie kann ich hier etwas wie meine wahre Meinung sagen, wenn Ihr nicht Ihr seid, sondern sowohl Prinz als auch Statthalter?«

»Hanse, wir haben schon einiges gemeinsam durchgemacht!«

Na ja, auf gewisse Weise, dachte Hanse. Du bist beispielsweise nicht mit dem verfluchten Zauberstock berührt worden, und hast auch nicht eine halbe Nacht in einem Brunnen und die andere Hälfte auf der Folterbank zugebracht!

»Ich könnte mich sogar als in deiner Schuld betrachten«, fuhr Kadakithis fort.

»Es wird mir entsetzlich unbehaglich, mein Lord von Ranke«, sagte Hanse. »Würde es meinem Lord Prinzen etwas ausmachen, mir zu sagen, weshalb er mich zu sich rief?«

»Verdammt!« Kadakithis starrte auf den Teppich und seufzte tief. »Ich glaube, es wäre vergebliche Liebesmühe, dir Wein anzubieten, mein Freund. So ...«

*»Freund?«*

»Aber ja, Hanse«, entgegnete Kadakithis mit großen offenen Augen. »Ich nenne dich Freund. Wir sind sogar gleichaltrig.«

Hanse sprang auf die Füße, was, so ruckhaft es auch war, dennoch geschmeidig wirkte. Er ging hin und her. »Oh«, murmelte er und ging weiter hin und her. »Ihr Götter, Prinz – bitte nennt mich nicht Freund! Laßt es zumindest niemanden sonst hören!«

Der Prinz sah ganz so aus, als hätte er ihm gern die Hand auf den Arm gelegt, wüßte jedoch, daß Hanse zurückzucken würde. »Wie einsam wir beide sind, Hanse. Du *willst* keine Freunde, und ich *kann* keine haben. Ich wage nicht, jemandem zu trauen, und du, dem ich trauen könnte – weist eine Freundeshand ab.«

Hanse war bestürzt. Freunde? Er dachte an Klauer, den toten Klauer Eidschwörer. An Mondblume. An Tempus. War Tempus ein Freund? Wer konnte Tempus trauen? Wer konnte irgend jemandem trauen, der den Titel »Statthalter« trug?

»Ranke und Freistatt sind keine Freunde«, sagte er bedächtig leise. »Ihr seid aus Ranke, ich bin aus Freistatt, und – mehr. Kein – uh – Edelmann.«

»Vertrauter Freund des Statthalters? Der Dieb Nachtschatten?«

Hanse wollte schon sagen: »Dieb? Wer, *ich*, Statthalter«, hielt sich jedoch zurück. Kadakithis wußte Bescheid. Auch war er weder Mondblume noch der Melonenhändler Irohunda, daß er sich von Hanses gepflegtem (aber selten benutzten) jungenhaften Charme hätte einwickeln lassen. Aber – *Freund?* Es war ein erschreckendes Wort, angewandt auf Nachtschatten von Abwind und dem Labyrinth.

»Versuchen wir menschlich größer zu sein als Ranke und Freistatt. Laß es uns versuchen, Hanse. Ich tue es. Nun will ich offen sein: Tempus hat Jubal den Krieg erklärt – *keineswegs auf meine Anweisung!* –, und Jubal ergriff Vergeltungsmaßnahmen oder versuchte es. Du warst dabei und bist nicht fortgelaufen. Tempus verlor ein Pferd und gewann einen Freund. Du hast Tempus verteidigt, hast ihm geholfen. Weitere Falkenmasken starben. Schwebst du deshalb in Gefahr wegen Jubal?«

»Wahrscheinlich. Ich habe mich bemüht, nicht darüber nachzudenken.«

»Wie sieht es mit mir aus?«

»Des Kaisers Statthalter in Freistatt weiß, daß er

nur bewaffnet und mit Leibgarde ausgehen soll, weil er Statthalter ist«, antwortete Hanse gar nicht so rätselhaft.

»Wieder diplomatische, wohlgewählte Worte! Und Tempus?«

Da wurde Hanse klar, weshalb Kadakithis ihn gerufen hatte. »Ihr – Ihr glaubt, Jubal hat Tempus!«

Der Prinz blickte ihn fest an. »Hanse, manche Leute versuchen gar nicht beliebt zu sein. Und Tempus bemüht sich offenbar, nicht beliebt zu werden. Ich kann mir nicht vorstellen, daß ich ihn Freund nennen könnte.« Kadakithis machte eine Pause, um sicherzugehen, daß Hanse ihn richtig verstand. »Aber ich bin der Vertreter des Reiches, ich herrsche im Auftrag des Kaisers für Ranke. Tempus dient mir und Ranke, und so sehen es auch die Leute. Ich muß ihn nicht mögen – *aber!* Wie kann ich dulden, daß jemand etwas gegen einen meiner Leute unternimmt?« Kadakithis hob beide Hände, während Hanse dachte: Wie seltsam, daß ich mehr an Tempus – Thales – denke, als an den Statthalter, dem er dient! »Ich kann es, darf es nicht, Hanse! Genausowenig darf ich die Höllenhunde mit einer Untersuchung beauftragen, nicht in einer so heiklen Sache. Noch weniger kann ich gegen Jubal vorgehen oder ihn gar verhaften – jedenfalls nicht, wenn ich so regieren will, wie ich es gern möchte.«

Er meint es wirklich gut mit Freistatt und möchte, daß man ihn mag! Welch ein ungewöhnlicher Rankaner, dachte Hanse. Laut sagte er: »Ihr könntet ihn doch zu einer Befragung kommen lassen.«

»Das möchte ich nicht.« Der junge Rankaner, dem man den Spottnamen Kittycat gegeben hatte, sprang mit erstaunlicher Gelenkigkeit auf, wenn auch nicht mit der anmutigen Geschmeidigkeit des Diebes. »Ich will mich lieber vergewissern, daß er noch lebt, verstehst du?« Er vollführte eine heftige Geste, so daß sein blauer Seidenärmel raschelte, tat einen Schritt und wandte dann sein ernstes Gesicht Hanse zu. »Ich bin hier der Statthalter, der Vertreter des Reiches. Er ist ...«

»Ihr Götter, Prinz, ich bin bloß ein verdammter Dieb!«

Kadakithis runzelte die Stirn und schaute sich um, ohne auf Hanses entsetzten Blick über seine unüberlegten Worte zu achten. »Hast du gerade jemanden etwas sagen hören?«

»Nein.«

»Ich auch nicht. Also, wie ich bereits erwähnte, Tempus bedeutet mir nicht das geringste, und ich bedeute Tempus ebensowenig. Tempus, fürchte ich, dient allein Tempus und dem, was er für seine Bestimmung hält. Er fehlt mir vielleicht nicht einmal. Aber es gibt eben Dinge, die ich nicht zulassen, nicht dulden darf. Oh, ich wollte, du könntest wenigstens ein bißchen verstehen, wie schwierig es ist, von kaiserlichem Geblüt zu sein und diesen Posten innezuhaben!«

Hanse, der noch nie irgendeinen Posten innegehabt hatte, versuchte es. Und ohne daß er sich verstellen mußte, wirkte er ernst und mitfühlend – für einen Prinzen!

»Ich glaube, daß du Tempus' Freund bist, Hanse. Meinst du, Jubal würde ihn foltern?«

Hanse verspürte plötzlich das Bedürfnis nach einem harten Drink. Er blickte nicht höher, als zu der Schärpe des sehr jungen Mannes – einer ilsischen Schärpe – und nickte. Er hätte gern geflucht, doch statt dessen schlich sich ungewollt ein Gebet in seine Gedanken: *O Ils, Gott meines Volkes und Vater Shalpas, meines Schirmherrn! Ist es wahr, daß Tempus-Thales Vashanka Zehntöter dient? Aber hilf uns, hilf uns beiden, Ils, unser Herr, und ich schwöre dir, alles zu tun, um Vashanka Schwesterngatte zu vernichten oder zu vertreiben, wenn du mir nur zeigst, wie!*

Hanse blinzelte und schleuderte diesen unwillkommenen Gedanken geradezu körperlich von sich. Ein Gebet, also wirklich!

»Hanse – denk doch an die Grenzen meiner Macht! Ich bin kein Mann namens Kadakithis, ich bin Statthalter! Ich kann nichts tun in dieser Sache. *Ich* kann nichts tun.«

Hanse blickte hoch und in diese himmelblauen Augen. »Prinz, wenn in diesem Moment jemand hereinstürmte, um Euch zu töten, würde ich Euch wahrscheinlich beschützen. Aber selbst für die Hälfte Eures Reichtums und all Eure Frauen würde ich nicht versuchen, mich in Jubals Landsitz zu schleichen.«

»Allein gegen Jubal? Ihr Götter, das würde ich auch nicht!« Da trat Kadakithis heran und legte die Hände auf die Schultern des Diebes. Seine Augen waren groß und eindringlich. »Der einzige Gefallen, um den ich dich bitte, Hanse ... Ich möchte nur, daß du dich einverstanden erklärst, dich nach Tempus umzuhören. Das ist alles. Auf deine Weise, Hanse, und für eine weit geringere Belohnung als die Hälfte meines Vermögens und die Frauen, die ich mit hierherbrachte.«

Hanse wich unter diesen Händen, vor diesen Augen so voll Ehrlichkeit zurück. Er ging zum Bett und zu dem Kapuzenumhang des blinden Bettlers. »Ich möchte den Palast durch das vierte Fenster von hier verlassen, Prinz. Durch es gelange ich auf das Dach Eures Räucherhauses. Wenn Ihr Eure Wachen ruft, könnte ich im Freien sein, ehe sie vor Euch treten.«

Kadakithis nickte. »Und?«

»Und ich – ich möchte keine Belohnung, aber sagt ja niemandem jemals, daß ich das gesagt habe, und erinnert mich nicht daran! Ihr werdet von mir hören ...« Er wirbelte herum und durchbohrte den anderen schier mit einem anklagenden Blick. »*Freund.*«

Kadakithis war so klug, ohne ein Lächeln oder eine Bemerkung zu nicken. Ganz abgesehen davon sah er aus, als hätte er am liebsten geweint oder noch einmal nach Hanse gelangt.

»Ich verstehe deinen Grund, Hanse. Aber bist du sicher, daß es dir gelingt, von hier auszubrechen – vom *Palast?*«

Hanse drehte sich um, damit der Prinz nicht sah, daß er die Augen rollte. »Mit Eurer Hilfe, Prinz, schaffe ich es vielleicht. Solange ich nur nicht versuchen muß *ein*zubrechen!«

## 3

Ein ausgebildeter Nachforscher von Ranke hätte vielleicht eine Woche oder ein ganzes Leben gebraucht, ein Höllenhund einen Monat oder zwei Leben (eine Tempussche Lebensspanne?) oder zwei Tage mit Hilfe eines abscheulichen Überredungswerkzeugs. Ein Dieb von Freistatt brauchte nicht ganz einen Tag, die Auskunft zusammenzustückeln. Wäre er des Schreibens kundig gewesen, hätte er eine Liste aufgestellt.

Da er jedoch nicht schreiben konnte, mußte er alles im Kopf behalten und eins und eins zusammenzählen, nachdem er mit diesem und jenem und einigen anderen gesprochen hatte. Nur eine wußte, daß er Auskunft suchte, und das, weil Hanse es ihr sagte. Nun machte er seine Liste im Kopf, während er auf seinem Bett lag und ins Leere stierte.

Tempus vertrug sich nicht mit den anderen Höllenhunden.

Tempus führte einen Privatkrieg gegen Jubal, und er selbst war der Initiator. (Das war kein sehr guter Entschluß, denn von Jubals Geschäften profitierte nicht nur die Diebeswelt, sondern das Reich ebenso.)

Jubal war ein Kaufmann, der mit menschlicher Ware handelte. Er beschaffte einige für den dürren Kurd, von dem selbst harte Freistätter nur im Flüsterton und mit unruhigem Blick sprachen.

In der Kaserne hatte Tempus sich die Feindschaft Razkulis und dieses knurrigen, brummigen Zalbars zugezogen. (Quag hatte das einer bestimmten Frau unter den intimsten Umständen erzählt. Eine schlechte, aber häufig dafür benutzte Zeit, Geheimnisse weiterzugeben.)

Alten Stulwig hatte eine glänzende Münze mit dem Angesicht des Kaisers ausgegeben. Solche Münzen waren hier selten, obgleich willkommen. Des Statthalters Leute trennten sich manchmal von solchen Münzen. Möglicherweise hatte jemand damit etwas von Stulwig gekauft, jemand aus dem Palast. Stulwig handelte mit Heilmitteln und Tränken und weniger harmlosen Mitteln.

Harmocohl Triefnase hatte vor kurzem gesehen, wie zwei Männer eine offenbar schwere Last in das von einem wunderschönen Garten umgebene Haus von Kurd geschleppt hatten. Harmocohl hatte den Eindruck gehabt, die beiden Vermummten seien Höllenhunde gewesen.

Höllenhunde waren kaiserliche Gardisten, die sich mit Leuten wie Stulwig oder Kurd nicht abgaben. Tatsächlich haßte zumindest einer von ihnen diesen Kurd. Es war also unwahrscheinlich, daß die Höllenhunde ihm ein menschliches Paket liefern würden. Außer es handelte sich dabei um jemanden, den sie noch mehr haßten als den finsteren Forscher.

Tempus war verschwunden.

Es sprach sich herum, daß Jubal keine menschliche Ware mehr an Kurd, den Vivisezierer, verkaufte – Kurd war ein Mann mit rankanischem Akzent.

Warum würde jemand wie Jubal sich um eine solche Einnahmensquelle bringen? Aus moralischen Gründen, weil Kurd Menschen Schlimmes zufügte? Wohl kaum. Weil Jubal eine Abmachung mit anderen Feinden von Tempus getroffen hatte? Mit Zalbar und Razkuli, möglicherweise? Weil Tempus sich jetzt in den schrecklichen, verruchten Händen des Forschers befand?

In einer häßlichen, dunklen, stinkenden Kammer erfuhr Hanse mehr über Kurd und sein Geschäft. Kurd behauptete, Anhänger des Gottes Wissenschaft-Medizin zu sein. Dazu gehörten Versuche. Aber Kurd begnügte sich nicht damit, seine Versuche mit Verwundeten und Unfallopfern anzustellen. Der bleiche Bursche schuf sich seine eigenen Opfer. Und, dachte Hanse mit mehr als Abscheu, Kurd konnte sich sein Leben lang mit einem beschäftigen, dessen

Wunden – wie Hanse vermutete, ja zu wissen glaubte – mit unmenschlicher Schnelligkeit heilten. Nun, statt unmenschlich sollte man wohl besser übermenschlich oder übernatürlich sagen. Tempus-nenn-mich-Thales war ein Mann, der in unzähligen Schlachten gekämpft hatte, und doch hatte er keine Narben, nicht eine.

Tempus/Thales.

»Du, dem ich etwas verdanke, kannst jederzeit mit meiner Hilfe rechnen«, hatte er zu Hanse gesagt. Und »mein Freund«, hatte er ihn genannt, und »Du brauchst nur zu sagen, daß du mich nicht als Freund willst, daß ich dich nicht Freund nennen soll.« Hanse hatte kein Wort hervorgebracht und ihm so stumm offenbart, daß er sich nahezu verzweifelt Freunde wünschte, einen Freund, jemanden, dem er etwas bedeutete, jemanden, der ihm etwas bedeutete.

Hanse lag auf seinem Bett in seiner Kammer im ersten Stock eines Hauses mitten im Labyrinth und grübelte über all das nach, was er erfahren hatte. Dann stand er auf, ging hin und her, kaute an seiner vollen Unterlippe und dachte nach. Sein Herz, seine Seele, seine Sehnsucht sprachen unverhüllt aus seinen Augen. Deshalb war es gut, daß niemand ihn jetzt sehen konnte, denn andere sollten ihn nur so sehen, wie er sich auch darstellen wollte.

Jetzt brauche ich alles bloß Kitt ... Kadakithis melden, dachte er. Dem Prinz-Statthalter, der sein Amt hier angetreten hatte, indem er öffentlich erklärte, er würde für Recht und Ordnung und die Sicherheit der Bürger sorgen, und der unter anderen einen Klauer Eidschwörer hatte aufhängen lassen, Hanses Lehrmeister (und Vaterfigur?). Der P-S mochte Tempus (ebenfalls eine Vaterfigur für Hanse?) nicht.

Das war alles, was Hanse zu tun brauchte. Nur zu melden, was er erfahren hatte und jetzt vermutete. Der Rest war Kadakithis zu überlassen. Er hatte die Macht und die Mittel; die Männer und die Schwerter; das Savankh.

Weiter reichte Hanses Verpflichtung gegenüber Kadakithis und Tempus nicht. Wenn er überhaupt eine Verpflichtung gegenüber diesem krrfschnupfenden Burschen hatte.

Und – angenommen, Seine Rankanische Hoheit, Kadakithis, Prinz-Statthalter, unternahm nichts?

Oder er erteilte den Auftrag seinen Höllenhunden, diesem liebenswerten Razkuli und dem nicht minder reizenden Zalbar, und die beiden gaben nur vor, einzuschreiten? Beschützten Rankaner nicht die Ihrigen? Führten Soldaten Befehle nicht gehorsam aus? Verfügten diese diebischen Oberherren nicht über Ehre?

Wenn nicht, würde Hanses Weltbild arg ins Wanken geraten. Obgleich man es bei ihm, wie er sich gab, nicht vermutet hätte, erwartete er doch Vertrauen und so etwas wie Ordnung von seiner Umwelt. Und Vertrauenswürdigkeit? Hanse verzog das Gesicht und schaute sich fast wild um: ein Tier in einem verhaßten Käfig, aus dem es nicht entkommen konnte, das aber auch fürchtete, was jenseits seiner Gitterstäbe lag. Selbst ein Nachtschatten wollte nicht in einer schrägen, schwankenden Welt leben. Wenn es wirklich stimmte, daß Zufall und Chaos die Welt regierten, wollte er es zumindest nicht wissen. Obwohl er dagegen angekämpft hatte, vertraute er Tempus. Er war auch gezwungen gewesen, Kadakithis zu trauen, weil ihm unten im Brunnenschacht am Adlerschnabel nichts anderes übriggeblieben war. Später war ihm widerwillig und ungläubig klar geworden, daß dem Rankaner wirklich zu trauen war. Das rüttelte an dem Schutzwall der Menschenverachtung, den er um sich aufgebaut hatte, und es fiel ihm schwer, das zuzugeben. Aber war Zynismus nicht lediglich die Maske eines Idealisten, der Höheres, der Vollkommenheit suchte? Der einen Beweis wollte, daß seine Einstellung falsch war?

Es ist wirklich gescheiter, bloß zu melden, was ich weiß, und es dabei zu belassen und mich wieder um meine eigenen Angelegenheiten zu kümmern, sagte er sich. Tempus steht ohnedies bereits in meiner Schuld und er hat versprochen, mir einen Dienst zu erweisen.

Nachtschatten machte sich daran, alles, was er für eine Nacht der Heimlichkeiten, des Stehlens und Einbrechens brauchte, herzurichten. Und doch wußte er bereits, daß er in dieser Nacht nicht seinem üblichen Gewerbe nachgehen würde.

Du bist ein Narr, Hanse, sagte er sich mit einer Verwünschung im Namen Shalpas. Trotzdem fuhr er mit seinen Vorbereitungen fort.

An der Tür blieb er blinzelnd stehen. Stirnrunzelnd schaute er sich um. Erst jetzt erinnerte er sich an Mignureals Blick und ihre seltsamen Worte vor zwei Stunden. Er hatte nichts damit anzufangen gewußt. »O Hanse«, hatte sie eindringlich gesagt und ihr junges Gesicht hatte so ernst gewirkt. »Hanse – nimm das braune Gefäß mit den Kreuzen mit.«

»Wohin mit?«

Aber sie war eilig davongelaufen, da ihre Mutter sie mit drohender Stimme gerufen hatte.

Jetzt starrte Hanse auf den braunen Krug, in den zwei X eingebrannt waren. Mignureal hatte ihn nie gesehen, konnte ihn nicht kennen. Trotzdem hatte sie ohne Zweifel ihn gemeint. Sie war Mondblumes Tochter ... Beim Großen Schatten! Sie mußte die Kräfte ihrer Mutter geerbt haben!

Hanse ging zum Tisch, um den gut verkorkten Steingutkrug, der kaum größer als die Feldflasche eines Soldaten war, aufzuheben. Warum, Mignureal? Warum, großer Ils?

Vor Monaten war er zu diesem Krug gekommen, mühelos und schnell, ohne zu wissen, was er enthielt. Nein, Mignureal konnte nichts von ihm wissen, auch nicht von seinem Inhalt, dem ungelöschten Kalk. Genausowenig konnte sie gewußt haben, wo er heute nacht hin wollte, denn dazu hatte er sich soeben erst entschlossen (und das, ohne es selbst sich ganz einzugestehen!). Nun, sie war Mondblumes Tochter ...

Dumm, umständlich, sinnlos, dachte er, während er den Krug in einen Öltuchbeutel gab, den er sich im Basar angeeignet hatte. Er befestigte ihn an seinem Gürtel, so daß er hoch auf einer Gesäßbacke zu ruhen kam. Jetzt berührte er noch schnell die Sandale Thufirs, die er sich über die Tür genagelt hatte, und ging davon.

Die weiß glühende Sonne hatte sich schon vor Stunden in ihrer täglichen Wanderung über den Himmel gelb und dann orange gefärbt. Nun kauerte sie tief am Horizont und schickte die letzten blutroten Strahlen zu dem sich allmählich verdunkelnden Himmel. Nein, das Abendrot sah nicht aus wie Blut, sagte sich Hanse. Außerdem wurde es bald ganz dunkel, und dann wären seine Freunde überall, in Schwarz, Tintenblau und Holzkohlengrau – seine Freunde, die Schatten.

Ich könnte ein gutes Schwert gebrauchen, dachte der Schatten und verschmolz mit einem echten. Mignureals Rat war ihm immer noch unheimlich. Gewiß verdiente noch nicht einmal dieser Kurd ätzenden Kalk. Ah, dieses lange »Messer« aus dem Ilbargebirge ist auch kein schlechtes Werkzeug, dachte er, um sich abzulenken. Aber trotzdem wird es Zeit, daß ich mir ein gutes Schwert verschaffe!

Ich werde eins stehlen.

*»Du wirst ein Schwert bekommen«,* erklang eine Stimme in seinem Kopf – ein Löwe in den schattendunklen Korridoren seines Gehirns. *»Wenn du meinen wertvollen und treuen Verbündeten befreist! Ja, und eine feine Scheide obendrein – aus Silber!«*

Hanse blieb stehen. Er war still und dunkel wie der Schatten eines Baumes oder einer Steinmauer. Das konnte er gut, vor einer Weile waren vier vorsichtige Leute dicht genug an ihm vorbeigekommen, um ihn berühren zu können, ohne ihn jedoch zu bemerken.

Ich will nichts von dir, du blutschänderischer rankanischer Gott, dachte er und hätte es fast laut ausgesprochen, während ihm Tausende von Ameisen über den Rücken zu krabbeln schienen. Tempus dient dir, nicht ich, und ich werde es auch nie!

*»Und doch tust du es in dieser Nacht, da du ihn suchst!«* erklang wieder diese Stimme in seinem Kopf, die gewiß die des Gottes Vashanka war. Und eine Wolke verschlang den Mond.

Nein! Ich diene – ich meine – ich tue es nicht ... Nein! Tempus ist mein – mein ... Ich will nur einem Fr... einem Mann helfen, der auch bereit wäre, mir zu helfen. Laß mich in Ruhe, und geh zu ihm, du eifersüchtiger Gott von Ranke! Verschwinde aus Freistatt! Shalpa, mein Schirmherr, und unser Vater Ils sind die Götter der Stadt! Ils, Ils! O Herr der tausend Augen, warum bist nicht du es, der zu mir spricht?

Hanse erhielt keine Antwort. Wolken zogen am Himmel vorüber. Es schienen dunkle Männer zu sein auf dunklen Pferden, die mit flatternden Mähnen und Schweifen dahintrabten. Plötzlich spürte Hanse, daß der schreckliche Gott ihn verlassen hatte. Nun betete er nicht, sondern fluchte, daß er sich von der dunklen Nacht hatte täuschen lassen, einer Nacht, beherrscht von einem Mond, der so bleich war wie eine rankanische Konkubine. Der Schnellfüßige trieb sein Unwesen in einer Nacht wie dieser.

Hanse eilte weiter, jetzt nicht mehr im Schatten, denn es gab keine – das ganze Land war ein einziger, riesiger Schatten. Hinaus aus der Stadt eilte er, vorbei an Liebespaaren, die diesen Sohn Shalpas, des Großen Schatten, weder sahen noch hörten; weiter zu dem schönen gepflegten Garten, der das Haus des teiggesichtigen wandelnden Skeletts namens Kurd umgab. Die winzige Mondsichel versuchte zurückzukehren, aber sie war schwach wie ein Gespenst in ihrem Kampf gegen die Wolken, die wie ruhelose Schatten über den Himmel hasteten.

Der herrlich angelegte Garten bot eine gute, aber unnötige Deckung. Hanse huschte an den Pflanzen in allen Arten und Größen vorbei geradewegs zum Haus. Es war ebenfalls dunkel.

Niemand will Kurd besuchen. Niemand denkt auch nur daran, bei Kurd einzubrechen, um zu stehlen. Warum sollte es da nicht einfach sein? Kurd muß sich doch in Sicherheit wiegen, sich einbilden, daß er keine Schutzmaßnahmen oder Wächter braucht!

Trotzdem behielt Hanse die Lippen zusammengepreßt, als er lächelte. Er glitt in die duftenden Sträucher hinein, die nahe der Hauswand wuchsen, seltsame Büsche mit langen dünnen Zweigen. Gerade, als er insgeheim jubelte, wie leicht es ihm gemacht wurde, bewegten sich die herabhängenden Ranken. Sie raschelten, drehten sich, griffen nach ihm, klammerten sich um ihn. Da erkannte Nachtschatten, daß Kurd doch nicht auf Schutzmaßnahmen verzichtete.

Während er gegen die Ranken ankämpfte, wurde ihm klar, daß er seine Erkenntnis zu spät gewonnen hatte. Ob dieses Pflanzenungeheuer nun darauf aus war, ihn zu erwürgen, oder ihm Arme und Beine zu verdrehen, bis sie brachen, oder ob es ihn nur festhalten wollte, bis jemand kam. Es war jedenfalls weit wirkungsvoller als jeder menschliche Wächter oder sogar drei Wachhunde hätten sein können. Unter dem beängstigenden Rascheln der Pflanze zerrte Hanse an einer Ranke, die dünner als die Nadel einer Brosche war, doch er schnitt sich an ihr nur den Finger auf. Auch sein Messer erreichte nichts, die Klinge wurde höchstens stumpf. Und die Ranken waren eifrig, sie drehten sich, schlangen sich zwischen den Armen um seinen Körper und um die Beine und – seinen Hals!

Gegen diese eine Ranke kämpfte er an, bis seine Finger bluteten. Sie war unnachgiebig. O ihr Götter, nein, nein, nicht so ... Er würde sterben, stumm, erwürgt von einer verdammten Ranke!

Von dem Nein, das er hinausschreien wollte, raubte schon das N ihm den letzten Atem. Er bekam keine Luft mehr. Als seine Augen aus den Höhlen zu quellen drohten und ein dumpfes Summen in seinen Ohren begann, das zum Donner und schließlich zur ewigen Stille werden würde, erkannte Hanse, daß Kurds Garten mehr konnte, als ihn nur erwürgen.

Wenn die Ranke um seinen Hals sich weiterhin enger zog, würde sie ihn köpfen.

Hanse kämpfte mit der Kraft der Verzweiflung, aber genausogut hätte er versuchen können, die Flut aufzuhalten oder einen Sandsturm in der Wüste. Er konnte sich kaum noch bewegen, denn die Ranken wickelten sich um seinen ganzen Körper. Er spürte, wie ein Schwindelgefühl sich wie Gewitterwolken näherte, und das Summen in seinen Ohren wurde zum Toben eines Sturms.

Aber auch über Freistatt schien sich ein Gewitter zusammenzubrauen, große, schwere Tropfen fielen vom Himmel. Das war genauso gespenstisch und unmöglich, denn Regen in Freistatt war jahreszeitlich bedingt, und jetzt war bestimmt nicht die richtige Jahreszeit dafür. In wenigen Wochen begann der Echsensommer, so genannt, weil dann die Echsen draußen in der Wüste in ihrem eigenen Saft schmorten, wie man so schön sagte.

Aber was spielte das jetzt für eine Rolle? Pflanzen liebten den Regen. Und diese liebte das Töten. Sie tötete Hanse, der allmählich das Bewußtsein verlor und spürte, daß das Dröhnen in seinen Ohren alles andere übertönte. Es goß in Strömen. Hanse versuchte zu schlucken, brachte es jedoch nicht fertig. So tat er, was er nie für möglich gehalten hätte: Er begann sich aufzugeben.

Da durchzuckte ihn die Erinnerung wie ein Blitz. So deutlich wie vor Stunden hörte er Mignureals Worte: *»Hanse – nimm das braune Gefäß mit den Kreuzen mit.«*

Doch selbst dieser Hoffnungsschimmer schien zu spät zu kommen, denn wie sollte er mit den verschnürten Armen den Beutel vom Gürtel lösen, ihn aufmachen, den Krug öffnen, und dieser Mörderpflanze eine Lehre erteilen, die sie nie vergessen würde? Antwort: Er konnte es nicht.

Doch selbst im Sterben konnte er zumindest seinen Unterarm vier oder fünf Zoll hochzerren, ruckhaft, wieder und wieder, atemlos, die Besinnung verlierend, aber ohne aufzuhören durchlöcherte er den Öltuchbeutel und schlug das Messer gegen den Krug, der glatt und fest war und so verdammt hart!

Doch dann zerbrach er! Scherben fielen herab, und der weiße Kalk rieselte auf den Boden. Hanse war sicher, daß er in dem feuchten Gras um den feuchten Fuß der Würgerpflanze zischte – aber er konnte dieses Zischen nicht hören, genausowenig wie irgend etwas sonst, denn das Donnern in seinen Ohren war zu gewaltig.

Er sank zusammen, schon so gut wie tot, als die Schwaden ätzender Dämpfe an seinen Beinen vorbei hochstiegen und die Pflanze plötzlich zu peitschen anfing und ihre Ranken knickten, als rüttle der Sturm aus allen Richtungen an ihr. Bei diesem Zucken gab sie ihr Opfer nicht nur frei, sondern schmetterte es auch mehrere Fuß von sich. Hanse landete auf dem Rücken, in sicherer Entfernung von dem dampfenden ätzenden Tod am Fuß der Pflanze. Die Sohlen seiner Halbstiefel rauchten, Regen hämmerte auf sein Gesicht, und er lag still, ganz still, während die Mörderpflanze starb.

*In Freistatt regnete es nicht, aber aus dem klaren Nachthimmel zuckte ein Blitz, der das Gebäude kaum erschütterte, in das er fuhr. Doch der Name VASHANKA, der in die Fassade eingebrannt gewesen war, verschwand. Das Gebäude war der Statthalterpalast.*

# 4

O verdammt, wie kann ein Kopf nur so weh tun!

Bei der Pest und allen anderen Seuchen, das ist ja Regen auf meinem Gesicht, und ich werde triefnaß!

Heilige Jauchegrube – ich *lebe!*

Keiner dieser Gedanken brachte Hanse jedoch dazu, sich zu bewegen, jedenfalls noch eine Weile lang nicht. Als erstes öffnete er den Mund, damit der Regen den Schmerz in seiner Kehle lindere, aber am fünften oder sechsten Tropfen würgte er. Jetzt setzte er sich hastig auf. Er ächzte, doch nicht, weil sein Schädel um ein Vielfaches angeschwollen zu sein schien und zu bersten drohte, sondern wegen eines stechenden, bohrenden Schmerzes, der ihm beim Aufsitzen erst richtig bewußt geworden war, denn durch den Öltuchbeutel an seinem Rücken stachen die Scherben des ehemaligen Steingutkruges.

Wenn ich nicht gleich verblute, werde ich noch wochenlang Splitter aus meinem Hintern entfernen müssen, dachte Hanse. Das machte ihn wütend. Mit einem weiteren Ächzen stand er auf und blickte triumphierend auf die schwach rauchenden Überreste der vernichteten Pflanze. Jedem Strauch, ja allem, was größer war als ein Grashalm, ausweichend, schlich Hanse zum nächsten Fenster. Gerade als er die Bespannung aus dünner Schweineblase durchschnitten hatte, vernahm er einen grauenvollen Laut aus dem Innern: ein gedehntes, zittriges, schreckliches Stöhnen. Eine Gänsehaut überlief Hanse, und er überlegte, ob er nicht lieber Reißaus nehmen sollte.

Er tat es nicht. Er riß die Schweineblase ganz auf und spähte in einen dunklen Raum, der leer zu sein schien. Auf sein wundes und mit Splittern gespicktes Gesäß achtend, kletterte er ins Innere. Gegen den Schmerz im Kopf konnte er nichts tun. Schließlich war er zu Tode gewürgt worden, oder vielmehr fast, der Unterschied war jedenfalls nicht groß – bis auf die Tatsache natürlich, daß er lebte, und das war wirklich der einzige Unterschied, der ihm etwas bedeutete.

Nachdem er eine angemessene Weile still gestanden, gelauscht und seine Augen sich an die Dunkelheit gewöhnt hatten, bewegte er sich. Er hörte nichts mehr. Kein Stöhnen, keine Bewegung, keine Regung. Der Mond war wieder zu sehen, und sein schwaches Licht genügte dem Dieb.

Er fand eine Wand, eine Tür. Er duckte sich, dann noch tiefer, und war bemüht, den Schmerz in seiner Kehrseite mannhaft und vor allem lautlos zu ertragen. Kein Lichtschimmer drang unter dem Türspalt hervor. Die Tür war mit einer einfachen Klinke versehen. Ganz langsam drückte er sie herunter und noch langsamer öffnete er die Tür. Sie führte zu einem Korridor.

Während er überlegte, ob er nach rechts oder links gehen sollte, erklang erneut der entsetzliche Schmerzenslaut. Er klang seltsam schwerfällig und hilflos. Wieder überlief Hanse eine Gänsehaut.

Der Laut kam von rechts. Hanse schob das Messer in seine Scheide zurück, tätschelte flüchtig die anderen Messer in ihren verborgenen Hüllen, und löste das Lederband vom Gürtel, um sich von dem Öltuchbeutel zu befreien. Es schmerzte, als er dabei ein Stück Steingutscherbe aus seiner Kleidung und aus seinem Fleisch zog. Ganz behutsam bewegte er seine Hand, damit das Steingut nur ja nicht klirrte. Als er zurückblickte, kniff er die Augen halb zusammen, weil seine erweiterten Pupillen sich nicht verengen sollten.

Durch ein Fenster sah er die klare Nacht und die winzige Mondsichel am dunklen Himmel, ohne Wolken. Ohne zu wissen, daß es nur um Kurds Haus geregnet hatte, schauderte Nachtschatten. Gab es Götter? Halfen sie den Menschen manchmal?

Hanse machte einen großen Schritt auf den Korridor und wandte sich nach rechts. Der Beutel baumelte am Ende seiner Lederschlaufe von Hanses rechter Hand. Er hielt ihn nur deshalb in der Rechten, damit man glaubte – falls jemand unerwartet auftauchte –, er sei Rechtshänder.

Als er das Ende des Korridors erreichte und sich nun eine große Tür vor ihm und eine kleinere zu seiner Linken befand, kam tatsächlich jemand. Die Tür an der Seite schwang auf, und Licht fiel auf den Gang. Es kam von einer Öllampe in der Hand eines gnomenhaften Mannes, der ein langes Nachthemd trug.

»Wa-as ...«, begann er, aber schon schlug Hanse mit dem löchrigen Beutel voller Steingutscherben zu. Da er dabei das Gesicht des Burschen traf, ließ dieser stöhnend die Lampe fallen, um sich beide Hände vor sein blutendes Anlitz zu legen. »Verdammt!« fluchte Hanse, als er sah, wie das heiße Öl auf das Nachthemd und die nackten Füße des Mannes spritzte, sowie auf die Wand und die Tür, ehe der Rest brennend über den Boden floß. Gleichzeitig erklang ein drittes Ächzen unerträglicher Pein hinter der noch geschlossenen großen Tür.

»Herr!« kreischte Hanse mit schriller Stimme. »Feurio!« Er schob den Gnom rückwärts durch die offene Tür, stieß die brennende Lampe mit einem

Fußtritt hinterher und warf die Tür zu, dann riß er die größere auf – und kam in die Hölle.

Teile eines kleinen hageren Mannes lagen auf einem Tisch, er war jetzt noch kleiner und dünner, denn ihm fehlten beide Arme und Beine, sein gesamtes Kopf- und Körperhaar und seine linke Brustwarze mitsamt einem Stück des Brustkorbs. Hanse schauderte, aber er wußte, daß es für den armen Teufel nur noch eine Hilfe gab. Ohne auf die glänzenden, scharfen Instrumente zu achten, die Kurd für seine Arbeit benutzte, zog Hanse die armlange Klinge, die jene Verrückten im Ilbargebirge Messer und Dolch nannten, faßte den Griff mit beiden Händen und stieß mit dem Ilbarsimesser mit aller Kraft zu. Blut spritzte, und Hanse mußte dagegen ankämpfen, sich nicht zu übergeben. Nun lag nur noch ein lebloser Rumpf auf dem Tisch. Schaudernd umklammerte Nachtschatten den Dolchgriff und spähte durch den Raum, der voller Tische war, mit einem Abfluß am Boden neben jedem.

»Thales?«

Zwei Ächzlaute antworteten ihm. Einer endete mit »Hilfe«. Es war nicht Tempus' Stimme, aber Hanse ging zu dem Tisch, von dem sie kam.

»Er – er – er hat meinen rechten Arm abgeschnitten und – und drei Finger meiner li-linken Hand, nur – nur um ...« Der Mann konnte nicht weitersprechen, so sehr schüttelte ihn ein Schauder.

»Ihr blutet nicht. Eure Beine? Füße?« Hanse blinzelte, ohne wirklich sehen zu wollen.

»Ich – ich – sie – sind da ...«

»Überlegt es Euch«, sagte Nachtschatten und schluckte. »Ich kann Eure Riemen durchschneiden oder Eure Kehle, wenn Ihr es vorzieht. Überlegt und wählt.« Er machte sich daran, sich umzudrehen.

»Ich – ich le-e-be ... Ich kann ge-e-hen ...«

Hanse befreite den Mann von den Riemen, mit denen er auf den Tisch gebunden war. »Ich suche Tempus.«

»Du suchst den Tod hier, Dieb!« sagte eine höhnische Stimme, und Licht erhellte den Raum.

Hanse nahm sich keine Zeit zu antworten oder nachzusehen, wer das Licht brachte. Er drehte sich um, zog ein Wurfmesser, das wie ein stählernes Blatt aussah, und schleuderte es. Erst dann blickte er auf den Mann an der Tür. Der erste Wurf war zur Ablenkung, der zweite gezielt. Mager, mehr als mager, war der Mann, mit bleicher straffer Haut. Er trug ein wallendes Nachtgewand – ein Mann, der fürchtete, sich im Südwind des Junis zu erkälten –, und hielt unbeholfen in der einen Hand eine gespannte Armbrust, und in der anderen eine Gehäuselampe, eine Laterne. Wo der Ärmel zurückgerutscht war, war der, wie es schien, nur mit Pergamenthaut überzogene Knochenarm zu sehen. Das war Kurd!

Er duckte sich vor dem pfeifenden Messer, das ihn nur um wenige Zoll verfehlte. Die Laterne schaukelte wild und warf gelbes schwankendes Licht auf die Wände, den Boden und die Tische mit den grauenvollen Flecken. Der Dummkopf hätte als erstes die Lampe abstellen müssen, dachte Hanse, während er ein weiteres Wurfmesser zog. Mit beiden Händen an der Armbrust hätte dieser kleine Kurd sogar gefährlich werden können. Statt dessen war sein Arm jetzt an die Tür genagelt, mit einem Messer, das durch den Ärmel gedrungen war, seine Haut jedoch nur gestreift hatte – Fleisch war da keines –, so daß dieses menschliche Ungeheuer nun mehr aus Angst, als vor Schmerz schrie. Die Armbrust entglitt ihm. Sie schlug schwer auf dem Boden auf, und ihr Bolzen schnellte in eine Wand oder ein Tischbein oder ... Hanse war es egal.

»Ich bin wegen Tempus hier, Schlächter. Bleib stehen, wo du bist und leuchte. Eine falsche Bewegung und ich werfe erneut.« Er zeigte Kurd eine dritte glänzende Klinge, ehe er sie wieder einsteckte. »Ein zweiter Nabel wäre genau das richtige für dich.« Dann ging er zu dem Ursprung des dritten Ächzens. »O ihr Götter, ihr Götter, warum habt ihr das zugelassen?«

Keine Götter antworteten dem entsetzten Ausruf Nachtschattens bei Tempus' Anblick.

Der große blonde Tempus, narbenlos und armlos, antwortete, doch seine Antwort kam aus einem Mund ohne Zunge. Es gelang ihm, Hanse zu verstehen zu geben, daß in jedem Armstumpf drei Nadeln steckten. Hanse stählte sich, um sie herauszuziehen, ehe er sich umdrehte und sich auf dem mit Rinnen durchzogenen Boden von Kurds Marterlaboratorium übergab. Dann wirbelte er herum und bedachte den Vivisezierer mit einem Blick, der Kurd am ganzen Körper zittern ließ, so daß er kaum die Laterne ruhighalten konnte.

Hanse durchschnitt Tempus' Riemen und half ihm, sich aufzusetzen. Der riesenhafte Mann blutete nicht. Er hatte die verschiedensten Schnittwunden, die alle alt aussahen. Sie waren es aber nicht. Er gab Laute von sich, die Hanse Herz und Magen umdrehten, entsetzliche Geräusche, die ihm sagten: »Ich werde heilen«, was ihm kaum weniger entsetzlich erschien. Was war dieser Mann?

»Kannst du gehen?«

Weitere Laute. Wiederholt. Noch mal. Nun glaubte

Hanse zu verstehen und bückte sich, um nachzuschauen. Ihm fehlten einige Zehen, hatte Tempus gesagt. Das stimmte. Drei, nein vier, die mittlere vom linken Fuß war ebenfalls abgeschnitten.

»Thales, ich bin allein hier und kann dich nicht tragen. Ich habe einen anderen befreit, doch der ist nicht imstande zu helfen. Was soll ich tun?«

Es dauerte eine Weile, bis Tempus sich verständlich machen, Worte ohne Zunge formen konnte. Und einmal rührte Kurd sich. Hanse drehte sich um und sah, daß der andere Befreite an dem Vivisezierer vorbeifloh. Hanse bedrohte Kurd, und er erstarrte. Er hielt weiterhin die Laterne in der zitterndern Hand eines zitternden Arms.

»Schnall Kurd auf einen Tisch«, hatte Tempus gesagt. »Wo ist der Diener?«

Diese Frage beantwortete Kurd, nachdem Hanse ihm ein Messer an den flachen Bauch gedrückt hatte. Sein Gärtner und einziger Diener war bewußtlos.

»Oh«, sagte Hanse. »Dann wird er wohl gefesselt werden wollen.« Er zerrte die Klinge aus Ärmel und Tür. Mit einem Messer in jeder Hand bedeutete er Kurd, was er zu tun hatte. »Häng die Laterne auf.«

»Du kannst nicht ...«

Hanse stupste ihn mit dem scharfen Stahl. »Ich kann. Lauf doch zum Prinz-Statthalter und beschwer dich, sobald du kannst. Aber du kannst auch jetzt sterben. Ich würde dir die Klinge in den Bauch stechen, gerade tief genug, daß es zwei oder drei Tage dauert, bis der Tod dich erlöst. Vielleicht stirbst du an Brand. *Häng die Laterne auf, Ungeheuer!*«

Kurd gehorchte. Der Haken befand sich direkt neben der Tür. Als der Vivisezierer sich umdrehte, trat Hanses Fuß geradewegs zwischen die dürren Schenkel.

»Für deine Eier, wenn du welche hast.« Hanse blickte nicht einmal auf den Mann, der keuchend und mit hervorquellenden Augen auf die Knie sank und beide Hände auf die schmerzende Stelle drückte. Hanse eilte zu dem Gärtner, der auf dem Boden im Nebenraum lag und dem sein Herr nicht einmal die Decke übergeworfen hatte, mit der er das Feuer gelöscht hatte. So gut verschnürte Hanse den Gnom mit Streifen seines eigenen Nachthemds, daß er verhungern würde, falls er sich selbst befreien müßte.

Kurze Zeit später war sein Herr auf einen seiner eigenen Tische geschnallt. Hanse knebelte ihn, denn Kurd hatte zu drohen aufgehört und zu flehen angefangen und machte die wildesten Versprechungen. Dann kehrte Nachtschatten zu Tempus zurück.

»Sie können sich nicht selbst befreien, Thales. Aber jetzt verrate mir, wie ich dich hier heraus und zurück zur Stadt kriegen soll, Freund.«

Tempus brauchte fünf Minuten und länger, sich ihm mitzuteilen. »Nicht. Leg mich zurück. Ich werde heilen. Die Zehen als erstes. Morgen kann ich gehen. Wein?«

Hanse legte ihn zurück, dann ging er und kehrte mit Wein, Decken und Grützebrei zurück. Hanse konnte sich vorstellen, wie sehr Tempus seine Hilflosigkeit verfluchte. Er fütterte ihn, drückte ihm immer wieder den Becher an die Lippen, bis er fast zwei Kannen Wein getrunken hatte; dann deckte er ihn zu, schaute nach Kurd und seinem Diener, vergewisserte sich, daß das Haus verschlossen war, und stöberte herum.

Scharfes Handwerkszeug von Kurd oder vielmehr Folterwerkzeug, einen Beutel voll Münzen und Bettsachen häufte er außerhalb der Tür zu dem grauenvollen Forschungsraum an. Er würde sich nicht in das Bett eines Ungeheuers legen oder auf einen dieser Tische! Schließlich streckte er sich auf dem Boden aus, auf Bettzeug aus des Gärtners Kammer, nicht aus Kurds. Mit Kurds Sachen wollte er nichts zu tun haben.

Mit den wertvollen Messern und dem Geldbeutel war es natürlich etwas anderes.

Im Morgengrauen erwachte er, sah nach den drei schlafenden Männern, staunte, und verließ den Marterraum, der bei Tag noch um ein Vielfaches schlimmer war. Er fand eine Wurst, überlegte und griff statt dessen nach einem Brotfladen. Nur die Götter und Kurd wußten, aus welchem Fleisch diese Wurst gemacht war. In einem Schuppen fand Hanse einen Karren und ein Maultier. Es kostete ihn eine gehörige Portion Schweiß, aber schließlich brachte er Tempus aus dem halbzerstörten Haus und legte ihn auf den mit Heu gepolsterten Karren. Schaudernd deckte Hanse den Höllenhund zu, dessen Wunden um Tage älter und fast verheilt aussahen.

»Möchtest du ein paar Finger oder die Nase oder sonst was von Kurd als Abschiedsgeschenk, Thales?« erkundigte Hanse sich.

Tempus runzelte die Stirn. »Ei«, sagte er, und Hanse wußte, daß das ein »Nein« war. »Möchtest du damit – uh – warten?« Tempus' Antwort war ein »Ja«. Bestimmt wollte er die Sache, wenn er ganz wiederhergestellt war, selbst in die Hand nehmen.

Hanse schaffte ihn fort von dem Ort des Schrekkens. Er verbrauchte einen großen Teil von Kurds Geld, um eine Unterkunft und die Dienste einer zungenlosen, nahezu blinden alten Frau zu kaufen, genau wie Lebensmittel, Wein, Decken und einen Umhang. Dann verließ er Thales und die Alte mit den paar übriggebliebenen Münzen und einer alptraumhaften Erinnerung. Für das Geld leistete er sich die teure Behandlung eines Heilers, der es nicht wagte, auch bloß das Gesicht zu verziehen oder eine Bemerkung zu machen, als er ein Gesäß mit zahlreichen ungefährlichen, aber schmerzhaften Wunden säuberte und verband, und Hanse, ehe er ging, versicherte, daß es wunderbar verheilen würde.

Danach vergrub Hanse sich nahezu eine Woche in seiner Kammer. Für die restlichen drei Münzen erstand er ein Betäubungsmittel in Form von Branntwein.

Eine weitere Woche befürchtete er, er könnte Tempus irgendwo auf der Straße oder sonstwo begegnen, doch dem war nicht so. Danach, als sich Gerüchte über einen Aufstand irgendwo in der Nähe verbreiteten, befürchtete er, er würde Tempus nie wieder sehen. Aber dann sah er ihn doch – ganz wiederhergestellt und ohne Narben. Hanse eilte heim und übergab sich.

Er tauschte ein paar Sachen gegen weiteren Branntwein ein, besoff sich und sorgte dafür, daß er auch nicht so schnell nüchtern wurde. Er hatte keine Lust, seinem Gewerbe nachzugehen, auch nicht Tempus wiederzusehen, und Kadakithis genausowenig. Er träumte jedoch von zwei Göttern und einem etwa dreizehnjährigen Mädchen: Ils und Shalpa und Mignureal – und von ungelöschtem Kalk.

Gilla

# Nashorn und Einhorn

## Diana L. Paxson

»Also, warum bist du jetzt heimgekommen?« unterbrach Gilla schrill Lalos Erklärungsversuch, weshalb er die vergangene Nacht nicht zu Hause verbracht hatte. »Hat man dir vielleicht in jeder Schenke die Tür gewiesen?« Sie stemmte die Fäuste in die gar nicht mehr so schlanke Taille, und das Fleisch ihrer Arme wabbelte, während sie ihn anfunkelte.

Lalo wich vor ihr zurück, sein Absatz verfing sich an seiner Staffelei, und er stürzte zusammen mit dem zersplitternden Holz, und mit den dünnen Armen um sich schlagend, auf den Boden. Das Baby begann zu schreien. Während Lalo nach Luft schnappte, eilte Gilla zur Wiege, hob das Kind an die Brust und strich ihm beruhigend über den Kopf. Die Stimmen ihrer älteren Kinder, die sich auf der Straße unten mit ihren Spielgefährten stritten, sowie das Klappern eines Karrens und die Rufe von Marktschreiern aus dem Basar, drangen durchs Fenster.

»Na siehst du, was du wieder getan hast!« sagte Gilla, nachdem das Baby sich beruhigt hatte. »Genügt es nicht, daß du kein Brot nach Hause bringst? Wenn du als Maler den Unterhalt nicht ehrlich verdienen kannst, warum stiehlst du dann nicht wie alle anderen in diesem Misthaufen von Stadt?« Ihr durch den Ärger und die Hitze des Tages gerötetes Gesicht schien über ihm zu verschwimmen wie die Maske der Dämonengöttin Dyareela zur Festzeit.

Wenigstens ist mir noch soviel Ehrgefühl geblieben, dachte Lalo, sagte es jedoch nicht laut, denn er erinnerte sich an Zeiten, nachdem einer seiner reichen Kunden sich geweigert hatte zu zahlen, da ihm im Wilden Einhorn in seinem Ärger entschlüpft war, wo es etwas zu holen gäbe. Und wenn ein wenig später einer seiner nicht so gut beleumundeten Bekannten ihm heimlich ein paar Münzen zusteckte, verlangte seine Ehre ja auch nicht, danach zu fragen, woher er sie hatte.

Nein, nicht seine Ehre war es, die ihn vom Stehlen abgehalten hatte, dachte Lalo bitter, sondern die Furcht, Schande über Gilla und die Kinder zu bringen, und sein zusehends schwindender Glaube an seine künstlerische Berufung.

Er plagte sich auf einen Ellbogen hoch, war im Augenblick jedoch noch zu niedergeschlagen, um sich zu erheben. Gilla rümpfte verärgert die Nase, legte das Kind in die Wiege zurück und ging zum anderen Ende des Raums, der ihnen als Küche, Schlafkammer für die ganze Familie und viel zu selten als Maleratelier diente.

Der dreibeinige Hocker knarrte, als Gilla sich daraufsetzte, einen kleinen Sack auf den Tisch legte und mit übertriebener Genauigkeit Erbsen in eine Schüssel schälte. Die Spätnachmittagssonne fiel durch das Fenster und verlieh dem fleckigen Brokat, der als Hintergrund für Lalos Modelle diente, täuschende Pracht. Die Körbe mit schmutziger Wäsche, die die Frauen der Reichen und Achtbaren (Begriffe, die in Freistatt soviel wie das gleiche bedeuteten) Gilla großmütig zum Waschen und Bügeln überlassen hatten, blieben im Schatten einer Ecke.

Früher einmal hätte Lalo sich über das Spiel von

Licht und Schatten gefreut, oder zumindest ironisch über die Beziehung zwischen Illusion und Wirklichkeit nachgedacht. Doch jetzt war er zu vertraut mit der Armut, die die Schatten verbargen – mit der niederdrückenden Wahrheit hinter all seinen Phantastereien. Der einzige Ort, wo er jetzt noch angenehme Visionen sah, war der Grund eines Weinbechers.

Steif stand er auf und wischte sich, ohne daß es etwas nutzte, über die blaue Farbe, die durch seinen Sturz neue Flecken auf den alten seines Kittels verursacht hatte. Er wußte, daß er die Töpfe aufrichten sollte, aus denen immer noch Farbe auf den Boden rann, aber warum sollte er sparsam mit ihr umgehen, wenn doch niemand seine Bilder kaufen wollte?

Inzwischen würden die Stammgäste sich im Wilden Einhorn einfinden. Niemanden dort würde seine fleckige Kleidung stören.

Gilla blickte auf, als er zur Tür ging. Die Sonnenstrahlen brachten das frühere Gold in ihr ergrauendes Haar zurück. Sie sagte nichts. Früher wäre sie herbeigerannt, um ihren Mann zum Abschied zu küssen, oder sie hätte ihn ausgescholten, damit er zu Hause blieb. Noch auf der Treppe hörte Lalo das Aufprallen der Erbsen, die Gilla heftig in die mit Sprüngen durchzogene Steingutschüssel warf.

Lalo schüttelte den Kopf und trank einen weiteren Schluck Wein, doch behutsam, da der Becher schon fast leer war. »Sie war wunderschön ...«, sagte er traurig. »Könnt Ihr Euch vorstellen, daß sie wie Eshi war, die den Frühling zurück auf die Welt bringt?« Er blickte benommen durch das Dämmerlicht des Wilden Einhorns auf Cappen Varra und versuchte, dem

Spielmann das nur noch schwach erinnerte Bild der goldhaarigen Maid zu beschreiben, der er vor nun fast zwanzig Jahren den Hof gemacht hatte.

Doch richtig erinnerte er sich nur an die Verachtung in Gillas grauen Augen, als sie ihn heute nachmittag angefunkelt hatte. Sie hatte recht. Er war verachtenswert – der Wein hatte seinen Bauch aufgeschwemmt, sein rötliches Haar war schütter, und die Versprechen, die er ihr einmal machte, waren so leer wie sein Beutel.

Cappen Varra legte den dunklen Kopf zurück und lachte. Lalo sah das Schimmern seiner weißen Zähne im flackernden Lampenlicht, das Glänzen des Silberamuletts an seinem Hals, und den wohlgeformten Kopf, der sich vom Halbdunkel der Wirtsstube abhob. Andere Gäste blickten auf ihn, als er lachte, wandten sich jedoch gleich wieder ihren eigenen, vielleicht finsteren Geschäften zu.

»Nichts liegt mir ferner, als mit einem zu streiten, der Künstler ist wie ich«, sagte Cappen Varra, »aber, verzeiht, Eure Frau erinnert mich an ein Nashorn. Wißt Ihr noch, wie Ihr bezahlt wurdet, nachdem Ihr Meister Reglis Eingangshalle verschönert hattet, und wir zum Feiern in die Grüne Traube gingen? Ich sah sie, als sie Euch dort suchte ... Jetzt weiß ich auch, weshalb Ihr hierher zum Trinken kommt!«

Der Spielmann lachte wieder. In plötzlichem Ärger funkelte Lalo ihn an.

»Könnt Ihr es Euch leisten, Euch über mich lustig zu machen? Noch seid Ihr jung. Ihr glaubt, es spielt keine Rolle, daß Ihr Eure Lieder dem Geschmack dieses Abschaums hier anpaßt, weil Ihr die wahre Poesie in Eurem Herzen tragt mit den Gesichtern der schönen Damen, für die Ihr sie schriebt! Nicht nur einmal habt Ihr Eure Laute um Brot versetzt. Wenn Ihr in meinem Alter seid, werdet Ihr sie dann für einen Becher Wein verkaufen und weinend herumsitzen, weil die Träume noch in Eurem Herzen leben, Ihr sie jedoch nicht mehr in Wort und Ton verwandeln könnt!«

Lalo griff blindlings nach seinem Becher, leerte ihn und stellte ihn heftig auf die zerkratzte und fleckige Tischplatte zurück. Auch Cappen Varra trank, und im Augenblick war das Lachen aus seinen blauen Augen geschwunden.

»Lalo, Ihr seid heute nicht die richtige Gesellschaft für einen fröhlichen Zecher«, sagte der Minnesänger schließlich. »Ich werde so voll Weltschmerz sein wie Ihr, wenn ich hierbleibe!« Er stand auf, schlang sich die Laute um die Schulter und zupfte seinen Umhang zurecht. »Die *Esmeralda* ist aus Ilsig zurück und liegt im Hafen. Ich werde sehen, welche Neuigkeiten sie mitgebracht hat. Gute Nacht, Meister Maler – ich wünsche Euch Spaß mit Eurer Philosophie ...«

Lalo blieb, wo er war. Eigentlich sollte er ja auch gehen, aber wohin? Zu Hause würde er Gilla nicht in die Augen blicken können. Geistesabwesend begann er auf dem Tisch zu zeichnen, den farbenfleckigen Zeigefinger tauchte er in verschütteten Wein. Seine Gedanken beschäftigten sich weiter mit der Vergangenheit. Er erinnerte sich, wie er und Gilla brav die Goldstücke sparten, die sie von Freistatt fortbringen würden. Wie sie geplant hatten, was sie mit dem Reichtum tun würden, der nicht ausbleiben konnte, sobald die Herren von Ranke erst sein Talent erkannten und sich an den Bildern ätherischer Schönheit erfreuten, von denen er geträumt hatte sie zu erschaffen, sobald er sich keine Sorgen mehr um das tägliche

Brot machen mußte. Doch statt dessen war ihr erstes Kind gekommen.

Er blickte auf die Tischplatte und sah, daß sein Finger unbewußt das feine Profil des Mädchens gezeichnet hatte, das Gilla vor so langer Zeit gewesen war. Wild ließ er die Faust hinabsausen, daß die Linien in den Weinspritzern verschwanden. Stöhnend vergrub er das Gesicht in den Händen.

»Euer Becher ist leer ...« Die tiefe Stimme schuf Schweigen um ihn.

Lalo seufzte und blickte hoch. »Mein Beutel ebenfalls.«

Breite Schultern verdeckten das Licht der Hängelampe. Als der neue Gast sich umdrehte und den Umhang zurückwarf, glühten seine Augen rot wie die eines Wolfes, den die Fackel eines Bauern in tiefer Nacht überraschte. Hinter ihm sah Lalo den Schankburschen zwischen den dichtbesetzten Tischen herankommen.

»Seid Ihr der Mann, der das Aushängeschild vor der Tür gemalt hat?« erkundigte sich der Fremde. »Ich werde versetzt. Ein Bild für mein Mädchen, damit sie sich an mich erinnert, wäre mir den Preis für eine Kanne Wein wert ...«

»Ja, ist gut«, antwortete Lalo. Der Schankbursche blieb an ihrem Tisch stehen. Der neue Gast bestellte eine Kanne billigen Rotwein. Der Maler holte eine Rolle Zeichenpapier aus seinem Beutel und beschwerte sie mit seinem Becher, damit sie sich nicht wieder zusammenrollte. Der Stöpsel seines Tintenfasses wollte sich nicht herausziehen lassen, die Tinte an ihm war angetrocknet, so plagte er sich eine Weile mit ihm, ehe er die Feder eintauchen konnte.

Schnell zeichnete er die Umrisse der breiten Schultern und des eng am Kopf anliegenden Kraushaars, Dann blickte er für die Einzelheiten hoch. Die Züge des Mannes schienen zu verschwimmen. Lalo blinzelte und fragte sich, ob er vielleicht bereits zuviel getrunken hatte, aber die Leere in seinem Magen schrie nach mehr, und der Schankbursche kehrte auch schon mit dem Wein zurück. Er duckte sich unter einem Wurfmesser und machte einen Bogen um zwei Streithähne, ohne auch nur einen Tropfen zu verschütten.

»Wendet Euch der Lampe zu«, murmelte Lalo. »Wenn ich Euch malen soll, muß ich Euch besser sehen können.« Die glühenden Augen des Mannes blickten ihn unter geschwungenen Brauen an. Der Maler erschauerte und mußte sich zwingen, sich auf die Kopfform zu konzentrieren. Er bemerkte, wie schütter das strähnige Haar über der ausgeprägten Stirn war.

Erneut blinzelnd betrachtete Lalo seine Zeichnung. Wie hatte das Licht ihm nur einen solchen Streich spielen können, daß er das Haar des Mannes so kraus gesehen hatte? Er schraffierte die ursprünglichen Umrisse, daß sie zum dunklen Hintergrund wurden und skizzierte das Profil. Die glühenden Augen brannten geradezu auf ihm. Seine Hand zuckte, und er blickte schnell auf.

Die Nase war nunmehr unförmig, als hätte ein betrunkener Künstler zu fest auf die Nase seiner noch feuchten Tonbüste gedrückt. Lalo starrte sein Modell an, dann warf er die Feder auf den Tisch. Das Gesicht vor ihm hatte keinerlei Ähnlichkeit mit dem, das er skizziert hatte!

»Laßt mich in Ruhe!« krächzte er. »Ich kann nicht tun, was Ihr von mir verlangt – ich bringe überhaupt nichts mehr fertig!« Er schüttelte den Kopf und konnte nicht mehr aufhören.

»Trinkt einen Schluck!« Der Fremde stellte die Zinnkanne auf den Tisch zurück.

Lalo griff nach dem jetzt wieder vollen Becher und trank wie ein Verdurstender. Es war ihm nun egal, ob er sich den Wein verdienen konnte oder nicht. Er spürte, wie er wärmend in seinen Magen rann, durch die Adern prickelte und die Welt ausschloß.

»So, jetzt versucht es noch einmal«, forderte der Fremde ihn auf. »Dreht das Papier um, seht mich gut an, dann zeichnet schnell, was Ihr gesehen habt – so schnell Ihr könnt!«

Einen Moment lang betrachtete Lalo die ungewöhnlich feinen Züge des Mannes vor sich, dann beugte er sich über das Papier. Mehrere Minuten konkurrierte das Kratzen der Feder mit dem Lärm in der Gaststube. Er mußte das Glühen dieser Augen festhalten, dieser seltsamen Augen, denn er befürchtete, wenn er wieder hochblickte, würde außer ihnen nichts mehr wie vorher sein.

Aber was machte das schon? Er hatte seine Bezahlung bereits erhalten. Mit der freien Hand griff er nach dem Becher, nahm einen tiefen Schluck, zog noch einen Strich nach, dann schob er die Skizze über den Tisch und lehnte sich zurück.

»Hier – wie Ihr es verlangt habt …«

»Ja.« Die Lippen des Fremden zuckten. »Alles in allem ganz gut. Wenn ich recht gehört habe, malt Ihr Porträts. Könnt Ihr einen Auftrag übernehmen? Hier ist ein Vorschuß …« Er griff in die Falten seines Gewands, legte ein glänzendes Goldstück auf den Tisch und verbarg die mißgeformten Finger hastig wieder.

Lalo starrte auf die Münze, griff vorsichtig nach ihr, als befürchte er, sie könne sich bei seiner Berührung in Rauch auflösen. Gestärkt durch den Wein gestand er sich nun ein, wie merkwürdig das alles war. Doch das Gold in seiner Hand fühlte sich hart, kühl und schwer an.

Das Lächeln des Fremden erstarrte. Er wich plötzlich aus dem Licht zurück. »Ich muß jetzt gehen«, brummte er.

»Aber der Auftrag!« rief Lalo. »Wen soll ich porträtieren und wo?«

»Der Auftrag ...« Der Mann schien plötzlich Schwierigkeiten mit der Aussprache zu haben. »Wenn Ihr den Mut habt, könnt Ihr gleich kommen ... Werdet Ihr das Haus von Enas Yorl finden?«

Lalo duckte sich unter dem folgenden, wie ein Knurren klingenden Gelächter. Der Zauberer wartete nicht auf eine Antwort. Er hatte den Umhang fest um sich gezogen und schwankte zur Tür. Diesmal war die unter dem Umhang verborgene Gestalt kaum menschenähnlich.

Lalo, der Porträtmaler, stand in der Pyrtanisstraße vor Enas Yorls Haus und fröstelte. Als die Sonne unterging, hatte der Wind aus der Wüste sich stark abgekühlt, obgleich noch grünliches Licht den Himmel erhellte. Einmal hatte Lalo sich zwei Monate lang bemüht, dieses unwirkliche Glühen auf die Leinwand zu bannen.

Die Dächer der Stadt hoben sich in trügerischer Pracht vom Himmel ab, überragt von dem Baugerüst um den Turm des Tempels von Savankala und Sabellia. So voreingenommen die Einheimischen gegen den neuen Tempel auch sein mochten, versprach er doch prächtig zu werden. Seufzend fragte Lalo sich, wer wohl den Auftrag für seine Fresken erhalten würde – bestimmt ein namhafter Künstler aus der Hauptstadt. Erneut seufzte er. Wenn er nach Ranke gezogen wäre, könnte möglicherweise er es sein, der hochgeachtet an seinen Geburtsort zurückkehrte.

Doch diese Gedanken lenkten seine Aufmerksamkeit zurück auf das Gebäude vor ihm, dessen Schatten irgendwie dunkler wirkten als die der benachbarten Häuser, und auf die Arbeit, deretwegen er hierhergekommen war.

In den Winkeln seines Gehirns lauerte die Angst wie unvorstellbare Ungeheuer. Seine Knie zitterten. Dutzendmal während seines Weges quer durch die Stadt hatten sie gedroht unter ihm nachzugeben oder sich in die entgegengesetzte Richtung zu wenden. Den Wein mit seinen Nachwirkungen hatte er längst ausgeschwitzt.

Enas Yorl war eine der dunkleren Gestalten Freistatts, obgleich er sich – aus Gründen, die der Zwischenfall im Einhorn eingehend beleuchtet hatte – selten in der Öffentlichkeit sehen ließ. Dem Gerücht nach hatte der Fluch eines Rivalen ihn zu den ständigen Verwandlungen verurteilt. Und daß er dagegen nichts unternehmen konnte, sollte die einzige Grenze seiner Macht sein.

War das Angebot des Zauberers ein etwas ausgefallener Spaß gewesen oder Teil magischer Ränke? Ich sollte Gilla das Goldstück bringen, sagte Lalo sich. Es genügte vielleicht, um uns einer Karawane anzuschließen …

Aber die Münze war ein Vorschuß für Dienste, die er noch nicht geleistet hatte, und es gab keinen Ort, wohin er fliehen könnte, an dem der Zauberer ihn nicht erreichen würde. Er konnte das Geld auch nicht zurückgeben, ohne Enas Yorl dabei gegenüberstehen zu müssen, und er konnte nicht weglaufen. So sehr bebte er jetzt am ganzen Körper, daß er den kunstvoll geschmiedeten Klopfer kaum halten und ihn gegen die Tür fallen lassen konnte.

Das Haus wirkte von innen größer als von außen, obwohl die farblosen Nebelschwaden, die um ihn wirbelten, es erschwerten, überhaupt etwas zu erkennen, außer den glühenden Augen des Zauberers. Erst als der Nebel sich auflöste, sah Lalo, daß Enas Yorl auf einem thronähnlichen, geschnitzten Sessel saß, den genauer zu betrachten es den Künstler gedrängt hätte, hätte ein anderer auf ihm gesessen. Der Zauberer blickte auf eine schlanke Gestalt in reichbesticktem ilsiger Umhang, die eine Kugel auf einem Stab wirbelte.

Meere und Erdteile drehten sich, als die Gestalt sich umwandte, Lalo anstarrte und dann zurück zu Enas Yorl blickte.

»Glaubst du wirklich, daß dieser Trunkenbold für deinen Zauber erforderlich ist?«

Es war die Stimme einer Frau, aber inzwischen hatte Lalo bereits den feinen Knochenbau unter der narbigen, sonnengebräunten Haut und dem kurzgestutzten Haar erkannt, ebenso die drahtige Anmut des Körpers, trotz seiner Männerkleidung. So könnte ein ehemaliges Mädchen aus des Prinzen Harem aussehen, nachdem es ausgesetzt worden war, um sich seinen Weg zum Erwachsenwerden in den Gassen der Stadt zu erkämpfen.

Plötzlich, als er sich selbst durch die Augen der Frau sah, richtete Lalo sich straff auf und wurde sich seines fleckigen Kittels und der Bartstoppeln nur allzu bewußt.

»Wozu brauchst du ein Porträt?« fragte die Frau abfällig. »Genügt dies nicht, deine eigenen Kräfte zu kaufen?« Aus einem Beutel, der von einem Band um ihren Hals baumelte, leerte sie etwas, das wie Mondschein schimmerte, aufgereihte Perlen, die rasselnd auf dem Fliesenboden aufschlugen.

»Ich könnte ...«, begann der Zauberer müde. Er war jetzt kleiner als zuvor, ein seltsam geformter Haufen auf dem großen Sessel. »Wärst du irgend jemand anders, hätte ich dir einen Zauber geben können, der diese Halskette wert ist, und hätte gelacht, wenn dein Schiff aus dem Landwind gesegelt wäre, der meine Kraft trägt, und wenn deine Schönheit wieder zur Häßlichkeit geworden wäre. Die Natur neigt zur Unordnung, meine Teure. Vernichtung ist leicht, wie du weißt. Wiederherstellung bedarf weit mehr Kraft.«

»Und deine reicht nicht aus?« Ihre Stimme klang nun besorgt.

Lalo wandte den Blick ab, als das Aussehen des Zauberers sich erneut veränderte. Ihn überlief es abwechselnd heiß vor Verlegenheit und kalt vor Angst. Es war schon gefährlich, in die öffentlichen Angelegenheiten eines Zauberers verwickelt zu werden, wieviel schlimmer war es erst, Zeuge seiner privaten zu werden! Und was immer auch die Beziehung zwischen dem gestaltwandelnden Zauberer und dem verunstalteten Mädchen war, persönlich schien sie in jedem Fall zu sein.

»Alles hat seinen Preis«, antwortete Enas Yorl, nachdem seine gegenwärtige Gestalt sich gefestigt hatte. »Ich kann dich ohne Hilfe verwandeln, doch nicht gleichzeitig mich schützen. Würdest du das von mir verlangen, Jarveena?» Seine Stimme war nun ein Wispern.

Das Mädchen schüttelte den Kopf. Sichtlich ruhiger warf sie den Umhang ab und setzte sich. Lalo sah eine Staffelei neben sich. Hatte sie auch vorher schon dagestanden? Unwillkürlich ging er einen Schritt darauf zu, als er die Pinsel aus ausgesuchtem Kamelhaar sah, die Tiegelchen mit feinster Farbe, die glattgespannte Leinwand, alles von einer Qualität, wie er sie sich nur hatte erträumen können.

»Ich möchte, daß Ihr sie malt«, sagte Enas Yorl zu Lalo. »Nicht wie Ihr sie jetzt seht, sondern wie ich sie immer sehe. Ich will, daß Ihr Jarveenas Seele malt.«

Lalo starrte ihn an, als wäre er bis in die Seele getroffen, spürte jedoch den Schmerz noch nicht. Ganz leicht schüttelte er den Kopf.

»Ihr lest mein Herz, genau wie Ihr die Seele der Dame seht ...« Eine eigenartige Würde sprach aus seiner Stimme. »Nur die Götter wissen, was ich dafür gäbe, wäre ich imstande zu tun, worum Ihr mich bittet.«

Der Zauberer lächelte. Seine Gestalt verwandelte sich erneut, ging auseinander, und die glühenden Augen sogen Lalos Bewußtsein auf. *Ich werde Euch die Vision zeigen, und Ihr malt sie ...*, hörte Lalo in seinem Kopf, dann wußte er nichts mehr.

Die Stille der Stunde vor dem Morgengrauen erfüllte den Raum, als Lalo sich seiner wieder bewußt wurde. Das Mädchen Jarveena lag mehr, als daß sie in ihrem Sessel saß, und schlief offenbar. Lalos Rücken und Schultern schmerzten. Er streckte die Arme aus und bog die Finger, um die Verkrampfung zu mildern, erst dann fiel sein Blick auf die Leinwand vor ihm.

Habe ich das gemalt? Sein erster Gedanke war der, den er von einigen vorherigen Malen kannte, als Hand und Auge ungewöhnlich gut zusammengearbeitet hatten und er nach anstrengender Arbeit, die ihn alles hatte vergessen lassen, zu sich gekommen war, und erkannte, daß er es nahezu geschafft hatte, die erblickte Schönheit auf die Leinwand zu bannen. Aber dies – ein Gesicht mit feingeformter Nase und sanftgeschwungenen Brauen, das von seidig glänzenden Wellen eingerahmt war; ein schlanker Körper mit vollendeten Rundungen, dessen honigfarbige Haut schimmerte wie die Perlen auf dem Boden, und dessen feste Brüste mit Knospen von dunklem Rosa gekrönt waren –, dies *war* die Schönheit!

Lalo blickte von dem Bild auf das Mädchen im Sessel. Er weinte, weil er jetzt nur verschwommene Andeutungen von Schönheit in ihr sehen konnte, und weil er wußte, daß die Vision ihn durchdrungen hatte, wie Licht eine Fensterscheibe, und er jetzt wieder im Dunkeln war.

Jarveena regte sich, gähnte und öffnete ein Auge. »Ist er fertig? Ich muß gehen – die *Esmeralda* läuft mit der ersten Flut aus.«

»Ja«, antwortete Enas Yorl. Seine Augen leuchteten stärker denn je, als er die Staffelei so drehte, daß sie das Bild sehen konnte. »Meine Magie steckt jetzt in diesem Gemälde«, erklärte er. »Nimm es mit, und schau es an, so, als würdest du in einen Spiegel blikken. Mit der Zeit wird es zum Spiegel werden, und alle werden deine Schönheit sehen, wie ich sie immer gesehen habe ...«

Zitternd vor Erschöpfung und Trauer über den

Verlust, setzte Lalo sich auf den Boden. Er hörte das Rascheln von des Zauberers Gewand, als dieser seine Herzensdame umarmte, und nach einer Weile die Geräusche, als das Gemälde von der Staffelei genommen wurde, und danach Jarveenas Schritte und das Schließen einer Tür.

»Es ist vollbracht ...« Des Zauberers Stimme klang körperlos, wie das Säuseln des Windes durch dürre Blätter. »Wollt Ihr jetzt Eure Bezahlung?«

Lalo nickte, ohne zu ihm hochzublicken, weil er sich fürchtete, den Körper anzusehen, dem diese Stimme gehörte.

»Was soll es sein? Gold? Die hübsche Kette auf dem Boden?« Die Perlen rasselten.

Ja, ich werde das Gold nehmen, dann werden Gilla und ich fortgehen und nie wieder hierher zurückkommen ... Diese Worte wollten sich schon über Lalos Lippen drängen, aber sein Traum, all seine Träume schrien in seiner Seele.

»Schenkt mir die Macht, die Ihr mir in dieser Nacht aufgezwungen habt!« Lalos Stimme wurde kräftiger. »Schenkt mir die Macht, die Seele malen zu können!«

Enas Yorls Lachen begann als ein Wispern, wie es dem Sandsturm vorausgeht, wurde jedoch so gewaltig, daß Lalos Körper von den Druckwellen erfaßt wurde. Und dann, nach einer Weile, setzte Stille ein, bis der Zauberer ernst fragte: »Seid Ihr sicher, daß Ihr das wollt?«

Lalo nickte.

»Nun, das ist eine Kleinigkeit, um so mehr, da Ihr bereits – da Euer Wunsch so groß ist. Ich werde noch etwas draufgeben«, fügte er gütig hinzu. »Ein paar Seelen, die Ihr malen könnt, einige Aufträge ...«

Lalo zuckte zusammen, als sich die Hände des

Zauberers um seinen Kopf legten. Einen Augenblick schienen alle Farben des Regenbogens in seinem Kopf zu bersten. Als er zu sich kam, stand er an der Tür, mit einem Lederbeutel in der Hand.

»Und die Malerausrüstung ...«, fuhr Enas Yorl fort, als wäre inzwischen nichts geschehen. »Ich habe Euch nicht nur für einen großen Dienst zu danken, den Ihr mir erwiesen habt, sondern auch dafür, daß Ihr mir etwas gegeben habt, was mir freudige Erwartung beschert. Meister Maler, möge Eure Gabe Euch belohnen, wie Ihr es verdient.«

Dann schloß sich die große Messingtür hinter ihm. Lalo stand auf der menschenleeren Straße und blickte in die Morgendämmerung.

Die Wüste flimmerte in der Hitze und wirkte so unwirklich wie die Nebelschwaden in Enas Yorls Haus, aber der feuchte Atem eines Brunnens kühlte Lalos Wangen. Verwirrt durch die Gegensätze fragte der Maler sich, ob dieser Augenblick oder überhaupt einer während der letzten drei Tage Wirklichkeit war oder nur die Fortsetzung eines Zaubertraums. Aber wenn dem so war, dachte er, als er sich wieder der Weite von Molin Fackelhalters Veranda zuwandte, wollte er nicht aufwachen.

Noch ehe der erste Tag nach seinem Abenteuer sich seinem Ende entgegenneigte, hatte Lalo Aufträge von der Gattin des Hafenmeisters erhalten und von Jordis, dem Steinmetz, den die Arbeit am Tempel für die rankanischen Götter reich machte. Tatsächlich hätte die erste Sitzung heute morgen stattfinden sollen, aber der gestrige Auftrag war vorrangig. So kam es, daß Lalo auf die Ehre eines Einführungsgesprächs wartete, ehe er vielleicht den Auftrag für die Wandgemälde in Molin Fackelhalters Festsaal bekam. Er fühlte sich jedoch gar nicht sonderlich wohl in dem abgetragen Samtbeinkleid, das um die Schenkel allzu lose saß und ihn um die Taille kniff. Dazu trug er sein besticktes Hochzeitswams und darunter ein Hemd, das Gilla gestärkt hatte, wodurch es nun bei jeder Kopfbewegung am Hals scharrte.

Eine Tür wurde geöffnet, und Lalo hörte neben dem Plätschern des Springbrunnens leichte Schritte. Eine junge Frau mit kunstvoll hochgestecktem, hellem Haar winkte ihm zu.

»Meine Lady?« fragte er zögernd.

»Ich bin Lady Danlis, die Gesellschafterin der Herrin des Hauses«, sagte sie kurz. »Kommt mit ...«

Ich hätte es wissen müssen, dachte Lalo, nachdem Cappen Varra so lange für sie geschwärmt und nicht aufgehört hatte, ihre Vorzüge zu besingen. Aber das lag schon geraume Zeit zurück. Als er der stolzen Schrittes vor ihm herschreitenden Dame folgte, fragte Lalo sich, welche Vision Cappen Varra veranlaßt hatte, sich in sie zu verlieben, und warum aus ihrer Verbindung nichts geworden war.*

Ein überraschter Sklave blickte hoch und machte sich hastig daran, die Lappen und Tiegel mit Bodenwachs aus dem Weg zu räumen, als Danlis Lalo durch eine Tür aus vergoldetem Zedernholz in den Saal winkte. Unwillkürlich blieb Lalo beim Anblick dieser Fülle von Farben und Formen fasziniert stehen. Gemusterte Seidenteppiche lagen auf dem Parkettboden.

Vergoldete Weinranken mit Amethysttrauben

* In DAS TOR DER FLIEGENDEN MESSER von Poul Anderson, in *Die Diebe von Freistatt*, Bastei-Lübbe 20089.

schlangen sich um die Marmorsäulen, die die getäfelte Decke stützten, und kunstvoll gewebte Damastbehänge aus Ranke bedeckten die Wände. Blinzelnd schaute Lalo sich um und fragte sich, wo hier noch Platz für Wandgemälde wäre.

»Danlis, Schätzchen, ist das der neue Maler?«

Als er das Rascheln von Seide vernahm, drehte Lalo sich um. Über die Teppiche eilte eine Frau herbei, die ihm wie eine bereits zu weit aufgeblühte Rose gegenüber der mit einer Knospe vergleichbaren Danlis erschien. Eine Leibmagd folgte ihr, und ihr voraus schoß ein langhaariger Hund, der wild kläffte und und die Wachstiegelchen umwarf, die der Sklave zur Seite gestellt hatte.

»Ich bin ja so froh, daß mein Gemahl mir gestattet hat, mich dieser trostlosen Vorhänge zu entledigen – sie sind so bürgerlich und, wie Ihr seht, verschossen!« Atemlos eilte die Lady weiter, und ihre langen, über den Boden schleifenden Röcke warfen die Tiegel, die der Sklave gerade wieder aufgerichtet hatte, erneut um. Die Leibmagd blieb stehen und schalt den Bedauernswerten heftig aus.

»Meine Lady, darf ich Euch Lalo, den Kunstmaler, vorstellen.« Danlis wandte sich an den Mann. »Lalo, dies ist Lady Rosanda. Ihr dürft Euch vor ihr verbeugen.«

»Werdet Ihr lange brauchen, bis Ihr mit Eurer Arbeit fertig seid?« fragte Lady Rosanda. »Ich berate Euch gern – alle loben meinen ausgezeichneten Geschmack. Ich denke mir oft, daß ich eine begnadete Künstlerin hätte werden können – wäre ich in eine andere Gesellschaftsschicht geboren, natürlich ...«

»Lord Molins Stellung erfordert einen passenden

Rahmen«, erklärte Danlis, als ihre Herrin eine Atempause einlegen mußte. »Nach den anfänglichen Schwierigkeiten macht der Bau des Tempels nun gute Fortschritte. Selbstverständlich wird seine Vollendung entsprechend gefeiert werden. Da es nicht richtig wäre, im Tempel ein weltliches Fest abzuhalten, muß es in einer Umgebung veranstaltet werden, die gebührend erkennen läßt, welchem Genie das große Werk zu verdanken ist, das Freistatts Ansehen im Reich sichern wird.«

Lady Rosanda starrte ihre Gesellschafterin beeindruckt an, während Lalo sie kaum hörte, denn er überdachte bereits alle Möglichkeiten, die dieser große Raum bot. »Hat Lord Molin sich bereits entschieden, welche Szenen ich malen soll?«

»*Falls* Ihr den Auftrag bekommt«, betonte Danlis. »Die Göttin Sabellia soll als Erntekönigin mit ihren Nymphen dargestellt werden. Lord Molin will natürlich zuvor Eure Entwürfe sehen.«

»Ich könnte Euch vielleicht für die Göttin Modell stehen ...«, schlug Lady Rosanda vor und drehte eine unwahrscheinlich rote Locke auf der Schulter, während sie sich um eine schelmische Miene bemühte.

Lalo schluckte. »Meine Lady, Ihr seid zu gütig, doch Ihr wißt vielleicht nicht, daß Modellstehen eine ungemein anstrengende Arbeit ist. Ich würde nie wagen, jemanden von Eurer Vornehmheit zu bitten, viele Stunden in unbequemer Haltung und knapper Kleidung auszuharren ...« Sein heimlicher Schrecken wandelte sich in Erleichterung, als die Lady einfältig lächelte. Er malte sich die Göttin voll warmherziger Erhabenheit aus, wie Lady Rosanda sie sich vermutlich nicht einmal vorstellen, geschweige denn dafür Modell stehen könnte. Ein Modell für Sabellia zu finden, würde wohl seine schwierigste Aufgabe werden.

»Nun, da Ihr wißt, worum es geht, könnt Ihr uns sagen, wieviel Zeit Ihr brauchen werdet?«

»Was?« fragte Lalo, der sich zwingen mußte, in die Gegenwart zurückzufinden.

»Wann könnt Ihr uns die Entwürfe bringen?« fragte Danlis scharf.

»Ich muß mir genaue Vorstellungen machen – und die richtigen Modelle finden ...« Er zögerte. »Das wird zwei oder drei Tage dauern.«

»Oh Lalo ...«

Der Maler zuckte zusammen, drehte sich um, und erst jetzt wurde ihm bewußt, daß er den ganzen Weg von Molin Fackelhalters schwerbewachtem Haus bis hierher in die Straße der Goldschmiede gekommen war, ohne daß er es bemerkt hatte – als stünden seine Füße unter einem Zauber, der ihn heimlockte.

»Mein teurer Freund!« Schnaufend holte Sandol, der Teppichändler, Lalo ein, der ihn verwirrt ansah. Als sie sich das letzte Mal begegnet waren, war er nicht »mein teurer Freund« gewesen, denn Sandol hatte sich geweigert, den vollen Preis für das Porträt seiner Frau zu bezahlen, da sie behauptete, sie sehe darauf fett aus.

»Ich wollte Euch nur sagen, wieviel Freude Euer Gemälde uns macht. Wie es so schön heißt: Ein Kunstwerk ist ein bleibender Genuß! Vielleicht solltet Ihr auch von mir ein Porträt malen, als Gegenstück zu dem meiner Gattin. Was meint Ihr?« Er fuhr sich mit einem großen Taschentuch aus purpurner Seide über die Stirn.

»Nun, ich würde es gern tun – aber ich weiß nicht wann – ich werde vielleicht längere Zeit sehr beschäftigt sein«, antwortete Lalo verblüfft.

»Ja, natürlich ...« Sandol lächelte ölig. »Ich habe gehört, daß Euer Werk bald ein weit vornehmeres Haus als meines zieren wird. Meine Frau sagte erst heute morgen, welch eine Ehre es doch ist, von einem Künstler porträtiert worden zu sein, der Molin Fackelhalters Festsaal mit seinen Wandgemälden schmückt.«

Plötzlich verstand Lalo. Die Neuigkeit über seinen voraussichtlichen Auftrag mußte sich inzwischen in der ganzen Stadt verbreitet haben. Er unterdrückte ein triumphierendes Grinsen, denn er erinnerte sich zu gut, wie sehr er sich hatte erniedrigen müssen, um auch nur einen Teil des ausgemachten Preises für das Porträt von Sandols Frau zu kriegen. Vielleicht sollte er ihn tatsächlich ebenfalls porträtieren – der Teppichhändler erinnerte in seiner Fettleibigkeit nicht weniger an ein Schwein als seine Frau. Die Bilder würden sich nebeneinander gut machen.

»Nun, ich darf noch nicht darüber sprechen«, sagte Lalo mit gespielter Bescheidenheit. »Aber es stimmt, daß man an mich herantrat ... Deshalb fürchte ich, daß die Gelegenheit, dem Vertreter der rankanischen Götter einen Dienst zu erweisen, Vorrang vor geringeren Aufträgen haben muß.« Interessierte Bemerkungen folgten den beiden wie ein Echo die betriebsame Straße entlang. Gehilfen machten ihre Meister auf Lalo aufmerksam, und verschleierte Matronen steckten die Köpfe zusammen, während sie Fingerringe anprobierten.

»Oh, das verstehe ich selbstverständlich«, versicherte ihm Sandol. »Ich bitte Euch ja auch bloß, daß Ihr mich in Erinnerung behaltet ...«

»Ich werde es Euch wissen lassen«, sagte Lalo fast ein wenig von oben herab, »wenn ich Zeit habe.« Er beschleunigte seinen Schritt und ließ den Teppichhändler wie einen schmelzenden Eiszapfen in der Menschenmenge stehen. Als er die Goldallee überquert hatte und in den Stahlkorridor einbog, gestattete Lalo sich einen unauffälligen Luftsprung.

»Nicht nur meine Füße sind verzaubert«, sagte er laut zu sich, »auch mein ganzes Leben! Der Segen aller Götter von Ranke und Ilsig für Enas Yorl!«

Die Sonne machte die getünchten Mauern um ihn noch weißer und spiegelte sich auf den Schwertern, Dolchen und Rüstungen, die die Waffenschmiede hier ausgestellt hatten. Doch dieses Funkeln und Glitzern um ihn blendete Lalo weniger als die Zukunft, die er sich in seiner Phantasie ausmalte. Er würde mit seiner Familie nicht nur ein sorgenfreies Leben führen können, sondern reich und nicht nur geachtet, sondern berühmt werden. Alles, was er sich je gewünscht hatte, lag nun in Reichweite ...

Taschendiebe beobachteten ihn verstohlen, als er in eine Gasse einbog, aber trotz aller Gerüchte, hing sein Beutel schlaff vom Gürtel, so zogen sie sich zurück, ohne daß er sie überhaupt bemerkt hatte. Jemand rief seinen Namen, als er an den bescheideneren Läden nahe den Lagerhäusern vorbeiging, aber Lalo war so in seine rosigen Gedanken versunken, daß er es nicht hörte.

Erst als er bereits die Uferpromenade erreichte, die am Hafen entlangführte, wurde ihm klar, daß Farsi, der Kupferschmied, ihn gerufen hatte. Farsi hatte ihm Geld geliehen, als Gilla nach der Geburt ihres zweiten Kindes krank geworden war. Er überlegte, ob er umkehren solle, aber gewiß konnte er Farsi ein andermal besuchen. Im Augenblick war er wirklich zu beschäftigt.

Pläne für den neuen Auftrag nahmen Form an. Ihm war etwas eingefallen, das den Rest der Ausstattung von Molins Haus übertreffen würde, ohne so geschmacklos zu sein. Farben, Einzelheiten, das Zusammenspiel von Linien und Flächen schoben sich vor sein inneres Auge wie ein bemalter Schleier.

So viel würde von den Modellen abhängen, die er für die Figuren seiner Wandgemälde fand! Sabellia und ihre Nymphen mußten von einer Schönheit sein, die zugleich das Auge erfreute und die Phantasie auf reine Weise anregte, die sowohl majestätisch als auch unschuldig wirkte.

Lalo rutschte auf einem Fischkopf aus. Wild schlug er mit den Armen um sich, bis er sich wieder gefangen hatte, dann blieb er keuchend stehen und blinzelte in die grelle Sonne.

»Und wo soll ich solche Nymphen in Freistatt finden?« fragte er sich laut. »Hier, wo Mütter ihre Töchter an Hurenhäuser verkaufen, kaum daß sich ihr Busen entwickelt?« Selbst die Mädchen, die sich äußerlich etwas wie Schönheit bewahrt hatten, waren innerlich verderbt. Bisher waren seine Modelle Straßensängerinnen gewesen, und in Abendsitzungen Mädchen, die sich tagsüber einen geringen Lohn als Weberinnen verdienten. Nun würde er sich jedoch anderswo umsehen müssen.

Seufzend wandte er sein Gesicht dem Meer zu. Hier war es etwas kühler, und der umschlagende Wind brachte den frischen Salzgeruch der See mit sich, der jedoch den von verwesendem Fisch nicht verdrängen konnte. Das blaue Wasser glänzte wie das Auge einer Jungfrau.

Eine Frau mit einem Kind auf den Armen winkte ihm zu. Nach kurzem Überlegen erkannte Lalo Valira, die hier mit ihrem Baby ein wenig den Sonnenschein genießen wollte, ehe es Zeit für sie war, zum Hafen zurückzukehren und ihrem Gewerbe unter den Seeleuten nachzugehen. Sie hob das Kleine hoch, damit er es sehen konnte, und er bemerkte erschrocken an ihren dünnen Armen, daß sie eigentlich selbst noch ein Kind war, trotz der bemalten Augen und der Glasperlen, die in ihrem hennagefärbten Haar glitzerten. Sie war eine Spielgefährtin seiner ältesten Tochter gewesen, und er erinnerte sich gut, wie oft sie zum Abendessen bei ihnen geblieben war, weil es bei ihr zu Hause nichts zu beißen gegeben hatte.

Er wußte auch, daß sie zu diesem Gewerbe gekommen war, nachdem ein Matrose ihr Gewalt angetan hatte, und daß die Armut sie zwang, dabeizubleiben, aber er fühlte sich unbehaglich bei ihrem herzlichen Gruß. Zwar hatte sie ihr Geschick nicht selbst bestimmt, doch nun kam sie nicht mehr davon los. Irgendwie verdüsterte die Begegnung mit ihr das helle Bild, das er sich von der Zukunft gemacht hatte.

Lalo winkte zurück und eilte weiter, zugleich erleichtert und beschämt, weil sie ihn nicht aufhielt.

Er hastete wieder den Breitenweg entlang, vorbei am Hafen, in dem Schiffe aus fernen Ländern angelegt hatten und an ihrer Muring zu zerren schienen wie das edle Pferd eines reichen Mannes, das am Schweinepferch eines Bauern angebunden ist. Einige Kaufleute und Händler hatten ihre Ware hier ausgestellt, und Lalo bahnte sich einen Weg durch Käufer, die um Preise feilschten und andere, die Neuigkeiten oder auch Beleidigungen austauschten. Ein paar

Stadtwächter lehnten an Pfählen, und in ihren Gesichtern stritt sich Wachsamkeit mit Müdigkeit, während sie die buntgemischte Menge beobachteten. Sie befanden sich in Begleitung eines Höllenhunds, oder besser gesagt eines Leibgardisten des Prinzen, dessen Miene sich kaum von ihrer unterschied, höchstens noch überheblicher wirkte, wenn sein Blick zu seinen Männern wanderte.

Lalo hielt heute nicht am alten Pier nahe dem Fischerviertel an – seit Jahren sein Lieblingsplätzchen, wenn er ungestört seinen Gedanken nachhängen wollte. Dazu hatte er zuviel zu tun. Wo konnte er die Modelle finden? Vielleicht sollte er sich am Nachmittag im Basar umsehen? Gewiß würde er dort ein paar anständige Maiden finden ...

Er bog in die Straße der Gerüche. Als er sich dem Haus näherte, in dem er wohnte, blieb er stehen, denn er sah, daß seine Frau Wäsche im Hof aufhängte und über die Schulter mit jemandem hinter ihr sprach, den er nicht sehen konnte. Vorsichtig ging er weiter.

»Ist alles gutgegangen, Liebster?« erkundigte sich Gilla. »Lady Rosinda soll sehr freundlich sein, wie ich hörte. Heute stehst du offenbar in der Gunst der Damen – schau, Frau Zorra ist extra deinetwegen gekommen.«

Lalo wand sich unter dem gereizten Ton ihrer Stimme, vergaß sie jedoch, als die Besucherin näherkam. Er sah eine schlanke, ranke Gestalt, Haut so frisch wie die Rosen von Eshi, kupferglänzendes Haar und strahlende Augen.

Er schluckte, das letzte Mal hatte er Frau Zorra gesehen, als sie ihren Vater begleitete, der die damals drei Monate überfällige Miete eingetrieben hatte. Er versuchte sich zu erinnern, ob sie die Miete für den vergangenen Monat rechtzeitig bezahlt hatten.

»O Meister Lalo, Ihr braucht nicht so erschrocken dreinzuschauen!« Es stand Zorra gut, als sie nun sanft errötete, »Ihr müßtet doch wissen, daß wir uns bei Euch, der Ihr so lange in unserem Haus wohnt, keine Sorge um die Miete machen.«

Aber auch nur, weil ihr das Gerücht über unsere zukünftige Wohlhabenheit gehört habt! dachte er, aber ihr Lächeln war ansteckend, und schließlich konnte sie ja nichts für die Habgier ihres Vaters. So lächelte er zurück und dachte, daß sie wie ein frischer Hauch des Frühlings in dieser sommerdürren Straße wirkte. Wie eine von Sabellias Gespielinnen ...

»Vielleicht könntet Ihr zu meiner Kreditwürdigkeit beitragen«, sagte er. »Hättet Ihr Lust, Modell zu stehen für eine der Nymphen auf dem Gemälde für Molin Fackelhalters Festsaal?«

Es war ein gutes Gefühl, jemandem eine Freude machen zu können, dachte Lalo, während er Zorra nachblickte, die die Straße hinuntertänzelte. Wie eifrig sie ihm versprochen hatte, alle Verabredungen für den morgigen Tag abzusagen, damit sie ihm zur Verfügung stehen konnte.

Hat Enas Yorl sich so ähnlich gefühlt, als er mir meinen Wunsch erfüllte? fragte er sich, und dann fragte er sich auch (allerdings nur flüchtig), weshalb der Zauberer dabei so gelacht hatte.

»Weshalb kann ich denn nicht in Molin Fackelhalters Haus für Euch Modell stehen?« schmollte Zorra und schaute schnell, ob Lalo sie beobachtete, während sie ihren Unterrock auszog und auf den Boden gleiten ließ.

»Wenn meine Auftraggeber ihre Wände lösen und zu mir zum Bemalen schicken könnten, bezweifle ich, daß sie mich überhaupt durch ihre Tür ließen«, antwortete Lalo abwesend. In der üblichen Reihenfolge gab er sorgfältig die Farbe aus den Tiegelchen auf die Palette. »Außerdem muß ich von jedem Modell erst mehrere Studien machen, ehe ich meine Entscheidung für die endgültige Ausarbeitung treffen kann ...«

Die Morgensonne schien freundlich auf den saubergefegten Boden, auf dem nun keine Wäsche von Fremden herumstand, glänzte auf Lalos Spachtel, und leuchtete durch die Stengel und Blütenköpfe der Blumen, die er Zorra in die Hand gegeben hatte.

»So ist es gut«, lobte er. Er wand einen Streifen hauchdünnen Gespinsts um ihre Hüften und änderte ganz leicht die Haltung ihrer Arme. »Haltet die Blumen, als strecktet Ihr sie der Göttin entgegen.« Sie zuckte ein wenig zusammen, als er sie berührte, aber seine Gedanken beschäftigten sich lediglich mit dem Bild, das sie abgeben würde. »Normalerweise würde ich nur ein oder zwei grobe Skizzen machen«, erklärte er. »Doch dies muß so vollkommen sein, daß Lord Molin sich vorstellen kann, wie das fertige Bild aussehen wird, also benutze ich Farbe ...«

Er trat ein paar Schritte zurück und sah das Bild, wie es sein sollte: die frische Schönheit des Mädchens im Sonnenschein, das weit über den Rücken wallende Haar, und die bunten Blumen in den Händen. Er griff nach dem Pinsel, atmete tief durch und konzentrierte sich auf das Bild des Mädchens.

Er hörte das Murmeln Gillas und ihrer mittleren Tochter nicht mehr, die am anderen Ende des Raums das Mittagessen zuzubereiten begannen. Er sah und hörte auch nicht, als einer seiner Söhne hereinstürmte, von seiner Mutter zum Schweigen gemahnt und zum Spielen wieder hinausgeschickt wurde. Alles glitt an ihm ab, während sich die Spannung und Verkrampfung der vergangenen Tage löste.

Endlich war er wieder er selbst, überzeugt, daß seine Hand dem Auge gehorchte, daß beide sich nach dem richteten, was seine Seele wahrnahm. Er wußte nun, daß Enas Yorls wahres Geschenk nicht die Aufträge waren, sondern sein wiedergewonnenes Selbstvertrauen. Lalo tauchte den Pinsel in die Farbe und fing an zu arbeiten.

Die Sonnenstrahlen waren über die Hälfte des Bodens gewandert, als Zorra sich plötzlich aufrichtete und die Blumen fallen ließ.

»Hoffentlich ist es die Mühe wenigstens wert!« nörgelte sie. »Mein Rücken schmerzt, und die Arme fallen mir ab!« Sie lockerte die Schultern, beugte sich vor und zurück, um sich zu entspannen.

Lalo blinzelte, versuchte in die Gegenwart zurückzufinden. »Nein, noch nicht – es ist noch nicht fertig ...«, wehrte er ab, doch Zorra kam bereits auf ihn zu.

»Was soll das heißen? Ich werde doch mein eigenes Bild ansehen dürfen, oder nicht?« Mitten im Schritt hielt sie inne und starrte auf die Leinwand. Lalos Blick folgte dem ihren. Erschrocken entglitt ihm der Pinsel.

Das Gesicht, das ihm von der Staffelei entgegenschaute, hatte habgierige schmale Augen und gefletschte Zähne wie ein Raubtier. Das rote Haar flammte wie ein Fuchsschwanz, und die sanft gerundeten Gliedmaßen waren so verzerrt, daß es aussah, als wäre das Wesen sprungbereit. Lalo schauderte. Er blickte von dem schönen Mädchen zu dem Bild und zurück.

»Du von Maden zerfressener Hurensohn, was hast du aus mir gemacht?« fuhr sie ihn wild an, dann drehte sie sich wieder zu dem Bild um, griff nach dem Spachtel und stach damit auf die Leinwand ein. »Das bin nicht ich! Das ist grauenvoll! Du haßt die Frauen, nicht wahr? Meinen Vater haßt du auch, aber warte nur! Wenn er mit dir fertig ist, wirst du zusehen müssen, daß die Abwinder dich aufnehmen!«

Der Fußboden erbebte, als Gilla auf sie zustürmte. Lalo taumelte zurück, denn sie drängte sich zwischen ihn und das halbnackte Mädchen, sie drückte Zorras Handgelenk, bis der Spachtel auf den Boden klapperte.

»Zieh dich an, du kleines Biest! Eine solche Sprache dulde ich vor meinen Kindern nicht!« fauchte Gilla, ungeachtet der Tatsache, daß sie viel Schlimmeres zu hören bekamen, wenn sie im Labyrinth spielten.

»Und du bist eine aufgedunsene Sau!« gellte Zorra. Sie wich zurück und begann, sich hastig anzuziehen. »Du bist ja so fett, daß nicht einmal Amoli dich noch in ihr Haus nehmen würde. Ich hoffe, du endest in der Gosse, wo du hingehörst!« Sie schlug die Tür hinter sich zu und rannte die knarrenden Stufen hinunter.

»Ich hoffe, sie bricht sich den Hals. Ihr Vater hat die Treppe immer noch nicht gerichtet«, sagte Gilla ruhig.

Lalo bückte sich steif, um den Spachtel aufzuheben. »Sie hat recht ...« Er trat vor das verstümmelte Bild. »Verdammt ...«, flüsterte er. »Er hat mich hereingelegt – er wußte, was passieren würde. Dieser verdammte Enas Yorl!«

Gilla betrachtete das Bild und fing an zu lachen. »Nein – also wirklich«, keuchte sie. »Es ist eine großartige Ähnlichkeit. Du hast nur ihre hübsche Fratze gesehen. Aber ich kenne sie, wie sie wirklich ist. Sie hat ihren Verlobten in den Tod getrieben, als sie ihm wegen diesem Gorilla aus des Prinzen Leibgarde den Laufpaß gab. Diese Hexe kann nicht genug kriegen, was das Bild ganz deutlich zeigt. Kein Wunder, daß sie so wütend darüber wurde!«

Lalo ließ die Schultern hängen. »Aber ich wurde hereingelegt ...«

»Nein, du hast bekommen, worum du selbst gebeten hast, mein armer Schatz. Du hast die Seele dieses Mädchens gemalt!«

Lalo lehnte sich an das splitterige Geländer des alten Piers und starrte mit leerem Blick auf den goldenen Schimmer, den die untergehende Sonne auf das Wasser zauberte. Vielleicht wünschte er sich unbewußt, er könnte eins werden mit dieser Schönheit und seine Verzweiflung vergessen. Ich brauche bloß über dieses brüchige Geländer klettern und mich fallenlassen, dachte er. Er stellte sich vor, wie das Wasser über ihm zusammenschlug, und er schließlich von allem Leid befreit sein würde.

Doch dann blickte er hinunter und schauderte, nicht nur wegen des kühlen Windes. Erst jetzt sah er, was alles hier herumtrieb: Abfälle, Überreste von so mancherlei, das einst gelebt hatte – der Kanal vom Schlachthaus mündete ganz in der Nähe in dieses Gewässer – und Exkremente. Lalo wurde übel bei dem Gedanken, daß dieses Wasser ihn berühren könnte. Er wandte sich ab, stapfte den Pier zurück an

Land und lehnte sich an eine baufällige Hütte, die die Fischer hin und wieder noch benutzten.

Es ist wie alles andere, das ich sehe, dachte er düster. Was von außen am schönsten aussieht, ist innerlich am häßlichsten.

Ein Schiff glitt majestätisch aus dem Hafen heraus, vorbei am Leuchtturm und verschwand um die Landspitze. Lalo hatte daran gedacht, auf einem solchen Schiff anzuheuern, aber als Matrose hatte er keine Erfahrung und für einen einfachen Seemann fehlte ihm die körperliche Kraft. Selbst der Trost des Weines war ihm verwehrt. In der Grünen Traube würde man ihn zu seinem Erfolg beglückwünschen, der jetzt unmöglich geworden war, während die Gäste des Wilden Einhorns bestimmt versuchten ihn zu berauben, und wenn sie festgestellt hatten, daß sein Beutel leer war, würden sie ihn zusammenschlagen. Nicht einmal Cappen Varra könnte er erklären, was ihm passiert war!

Die Planken, auf denen er saß, erzitterten unter schweren Schritten. Gilla! Lalo wartete auf ihre bittere Anklage, aber sie seufzte lediglich – erleichtert oder verärgert?

»Ich hatte gehofft, daß ich dich hier finden würde ...«

Ächzend ließ sie sich neben ihm nieder, nahm eine Steingutkanne mit schmalem Schnabel von ihrer Schulter und reichte sie ihm. »Trink, ehe es ganz kalt wird.«

Er nickte, nahm einen tiefen Schluck von dem mit Wein gemischten würzigen Kräutertee, dann einen weiteren, und stellte die Kanne ab.

Gilla hüllte sich in ihr Wolltuch, streckte die Beine aus und lehnte sich an die Hüttenwand. Zwei

Möwen flogen über ihren Köpfen vorbei und stritten sich um ein Stück Fleisch. Eine größere Welle spülte an den Strand, dann herrschte wieder Schweigen.

In dieser Stille, gewärmt von Gillas Nähe und dem Tee, gelang es Lalo, sich zu entspannen.

»Gilla ...«, sagte er schließlich. »Was soll ich bloß tun?«

»Die beiden anderen Modelle taugten auch nichts?«

»Sie waren noch schlimmer als Zorra. Dann fing ich mit dem Porträt der Frau des Hafenmeisters an ... Glücklicherweise konnte ich die Skizze vernichten, ehe sie sie sah. Sie schaute darauf aus wie ihr Schoßhund!« Er nahm einen weiteren Schluck.

»Armer Lalo!« Gilla schüttelte den Kopf. »Es ist nicht deine Schuld, daß all deine Einhörner sich schließlich als Nashörner herausstellen!«

Er erinnerte an die alte Fabel vom Nashorn, das in einen Zauberspiegel schaute und ein Einhorn sah, sich darüber aber nicht freuen konnte. »Ist alles Schöne denn nur eine Maske für Verderbtheit? Oder ist es nur in Freistatt so?« Dann platzte er heraus: »O Gilla, ich habe dich und die Kinder enttäuscht und mehr noch! Wir sind am Ende, verstehst du? Ich kann nicht einmal mehr hoffen!«

Sie wandte sich ihm zu, berührte ihn aber nicht, als spürte sie, daß jeder Versuch ihn zu trösten, mehr wäre, als er ertragen konnte.

»Lalo ...« Sie räusperte sich und begann noch einmal. »Es ist schon gut – irgendwie werden wir es durchstehen. Und du hast uns nicht enttäuscht – du bist unserem Traum treu geblieben. Du hast die richtige Wahl getroffen – als wüßte ich nicht, daß ich und die Kinder es waren, die verhinderten, daß du tun konntest, wozu du bestimmst warst!

Außerdem …«, sie versuchte, ihre Gefühle mit einem Lachen zu vertuschen, »… wenn es zum Schlimmsten kommt, kann ich für dich Modell stehen – natürlich nur, damit du in etwa die Haltung und die Grundlinien hinkriegst«, fügte sie etwas verlegen hinzu. »Nach all den Jahren bezweifle ich, daß du irgendeinen meiner Mängel nicht kennst …«

Lalo stellte die Kanne ab und blickte Gilla an. Im Schein der untergehenden Sonne wirkte ihr Gesicht, in dem die Jahre ihre Spuren hinterlassen hatten, wie ein verwittertes Idol, das Anbeter vergoldet hatten, um sein Alter zu übertünchen. Die bittere Falte der Armut blieb, genau wie eine andere, die der Tod eines ihrer Kinder hinterlassen hatte … Könnten alle Sorgen der Welt eine Göttin stärker gezeichnet haben?

Er legte die Hand auf ihren Arm. Er sah die Masse ihres Körpers, aber er spürte die Kraft in ihm und den Energiefluß zwischen ihnen, der ihn vor so vielen Jahren noch mehr an sie gebunden hatte als ihre Schönheit. Sie blieb still sitzen, gestattete seine Berührung, obgleich sie genug Grund gehabt hätte, sich von ihm abzuwenden, wie er meinte.

Kenne ich dich? fragte er sich.

Gilla hatte die Augen geschlossen und den Kopf zurückgelegt, in einem seltenen Augenblick inneren Friedens lehnte sie ihn gegen die Wand. Das intensiver werdende Licht auf ihrem Gesicht schien nun von innen zu kommen. Lalos Blick verschwamm. Ich war blind, dachte er. Blind und ein Narr …

»Ja …« Er mußte um die Festigkeit seiner Stimme kämpfen. Nun wußte er, wie er sie malen würde, wo er andere Modelle finden konnte. Sein Atem stockte. Er streckte die Hände nach Gilla aus. Da blickte sie ihn an, lächelte fragend und schloß ihn in die Arme.

Hundert Kerzen in silbernen Haltern, in der Form von Fackeln in kräftigen Fäusten, brannten in Molins Festsaal. Das Licht spiegelte sich in den feinen Seidengewändern der vornehmen Damen von Freistatt, schimmerte auf dem schweren Brokat der hohen Herren und ließ goldene Kettenglieder und geschliffene Edelsteine funkeln, und ihre Pracht übertraf fast die des Saales.

Lalo beobachtete alles von seinem verhältnismäßig ungestörten Platz neben einer Säule aus. Als Schöpfer der Wandgemälde, zu deren Vollendung das Fest stattfand, wurde er in der illustren Gesellschaft geduldet. Jeder von Rang und Namen oder vielmehr Reichtum, der um die Gunst des Reiches buhlte – und dazu gehörte in diesen Tagen fast die gesamte Oberschicht von Freistatt – war da. Und das Gesicht eines jeden war eine Maske selbstzufriedener Fröhlichkeit. Unwillkürlich fragte Lalo sich, wie diese Gesichter wohl aussehen würden, wenn er diese Szene malte.

Mehrere Kaufleute, für die Lalo früher einmal gearbeitet hatte, hatten sich irgendwie Einladungen verschafft, obwohl die meisten seiner ehemaligen Auftraggeber sich hier so fehl am Platz fühlten, wie er es tat. Er erkannte auch ein paar Freunde, unter ihnen Cappen Varra. Er hatte gerade ein Lied beendet und beobachtete nun argwöhnisch Lady Danlis, die jedoch viel zu sehr damit beschäftigt war, sich damenhaft mit einem Bankier aus Ranke zu unterhalten, als daß sie auf ihn geachtet hätte.

Einige Bekannte aus dem Wilden Einhorn hatten es fertiggebracht, als Aushilfsdiener angestellt zu werden. Lalo vermutete, daß nicht alle Geschmeide, die heute abend so herrlich glitzerten, mit ihren eigentlichen Besitzern das Haus wieder verlassen würden, aber er sah keinen Grund, seine Vermutung laut zu äußern. Er wappnete sich, als er sah, daß Jordis, der Steinmetz, sich einen Weg zu ihm bahnte.

»Nun, Meister Maler, jetzt, da Ihr damit fertig seid, den Göttern zu dienen, habt Ihr vielleicht wieder ein wenig Zeit für einfache Sterbliche, eh?« Jordis lächelte breit. »Der Platz an meiner Wand ist immer noch frei für ein Bild von mir ...«

Lalo hüstelte verlegen. »Ich fürchte, indem ich mich allzu ausgiebig mit himmlischen Szenen befaßte, habe ich mein Gespür für irdische Größen verloren ...« Die Miene des Steinmetz verriet ihm, wie aufgeblasen das klang, aber es war weit besser, wenn man glaubte, sein Reichtum und Ruhm seien ihm zu Kopf gestiegen. Die Lösung seines Problems, die es ihm ermöglicht hatte, den Auftrag für Lord Molin durchzuführen, verhinderte, daß er je wieder gewöhnliche Porträts malte.

»Himmlische Szenen – ah ja ...« Jordis' Blick war zu einer der Nymphen des Wandgemäldes gewandert, die von angenehm geschmeidiger Figur mit sanften Rundungen war und aus deren Augen jugendliche Fröhlichkeit lachte. »Wenn ich mir meinen Unterhalt damit verdienen könnte, Bilder nach so liebreizenden Modellen zu malen, würde ich auch keine alten Männer porträtieren wollen!« Er lachte verschwörerisch. »Wo findet Ihr denn so was in dieser Stadt?«

Sie verkaufen ihre Körper am Hafen – oder ihre Seelen im Basar – arbeiten bis zum Umfallen in euren Küchen oder schrubben eure Fußböden ..., dachte Lalo bitter. Es war nicht das erste Mal an diesem Abend, daß man ihn gefragt hatte, wer seine Modelle seien. Die Nymphe, die Jordis in diesem Augenblick so lüstern betrachtete, war eine verkrüppelte Bettlerin, an der er bestimmt schon dutzendmal vorbeigegangen war. An einer anderen Wand hielt die Dirne Valira stolz der Göttin eine Weizengarbe entgegen, während ihr Kind als pummeliges Engelchen zu ihren Füßen spielte. Und die Göttin, die sie verehrten, die sich von all der schalen Pracht in diesem Saal abhob, war seine Gilla, das Nashorn, das sich als etwas weitaus Größeres als ein Einhorn herausgestellt hatte.

Ihr habt Herzen, aber ihr fühlt nichts ... Lalos Blick schweifte über den Prunk der Gewandungen und des Zierats, unter denen Lord Molins Gäste ihr wahres Ich verbargen. Ihr habt Augen, aber ihr seht nichts. Er murmelte etwas von der Perspektive eines Malers.

»Wenn Ihr möchtet, daß ich Wandmalereien für Euch mache, stehe ich Euch gern zu Diensten, aber ich glaube nicht, daß ich je wieder Porträts zeichnen werde.« Seit er gelernt hatte, Gilla zu sehen, hatte sich sein Blick verändert. Selbst wenn er nicht malte, konnte er nun häufig die Wahrheit hinter den Gesichtern erkennen, die die Menschen der Welt zeigten. Höflich fügte er hinzu: »Eure Arbeit geht gut voran?«

»Eh? Meine Arbeit – o ja, aber für einen Steinmetz ist jetzt nicht mehr viel zu tun! Was bleibt, bedarf anderer Arbeiter ...« Jordis' Lachen klang verschwörerisch.

Lalo spürte, daß er errötete. Ihm wurde bewußt, daß Jordis annahm, er suche etwas über den neuen Tempel zu erfahren – die größte Arbeit für Künstler, die es in Freistatt je gegeben hatte. Und wollte ich das nicht? fragte er sich. Ist es unrecht zu wünschen, daß meine Göttin etwas Würdigeres schmückt als den Festsaal eines aufgeblasenen Priester-Baumeisters?

Sein Mund wurde trocken, als er sah, daß Molin Fackelhalter höchstpersönlich auf ihn zukam. Jordis verbeugte sich, grinste, daß nur Lalo es sehen konnte, und zog sich in die Menge zurück. Lalo zwang sich dazu, sich hoch aufzurichten, um dem Blick seines Auftraggebers begegnen zu können, denn Lord Molin war ein großer und unter dem vielen Fett auch ein sehr kräftiger Mann, und Lalo empfand den Blick seiner Augen als unangenehm bohrend.

»Ich muß Euch danken«, sagte Lord Molin. »Eure Arbeit scheint ein voller Erfolg zu sein.« Sein Blick schweifte über die Menge zu Lalos Gesicht und wieder zurück. »Vielleicht zu erfolgreich«, fuhr er fort. »Neben Eurer Göttin scheinen meine Gäste hier die Dekoration zu sein!«

Lalo ertappte sich dabei, daß er sich entschuldigen wollte, und erstarrte, weil er Angst hatte, er könnte die Wahrheit gestehen.

Molin Fackelhalter lachte. »Das sollte ein Kompliment sein, mein Guter – ich möchte, daß Ihr die Fresken im neuen Tempel malt ...«

»Meister Maler, Ihr scheint mir heute guter Laune zu sein!«

Lalo, der gerade aus der Goldallee in die Tempelallee einbog, um sich ein Bild der zu bemalenden Flächen im neuen Tempel der rankanischen Gottheiten zu machen, stolperte fast, als diese sanfte Stimme in sein Ohr sprach. Er hörte ein trockenes Kichern, spürte, wie sich ihm die Härchen im Nacken aufstellten, und wandte sich zur Seite, um den anderen besser sehen zu können. Doch unter der tief ins Gesicht gezogenen Kapuze des Karawanenwächterumhangs war nur das Glühen eines rötlichen Augenpaars zu erkennen.

»Enas Yorl!«

»Mehr oder weniger«, bestätigte die Gestalt an seiner Seite. »Und Ihr? Seid Ihr noch derselbe? Ich habe viel an Euch gedacht. Möchtet Ihr, daß ich das Geschenk zurücknehme, das ich Euch gab?«

Lalo schauderte. Er erinnerte sich der kurzen Zeit, da er seine Seele darum gegeben hätte, sich der Gabe des Zauberers entledigen zu können. Doch statt dessen hatte er seine Seele zurückgewonnen.

»Nein, das möchte ich nicht«, antwortete er ruhig und bemerkte das Erstaunen des Zauberers. »Ich stehe in Eurer Schuld. Soll ich Euch noch einmal ein Bild malen, um sie zurückzuzahlen? Vielleicht ein Porträt von Euch, Enas Yorl?« fügte er hinzu.

Da blieb der Zauberer stehen, und einen Moment traf den Maler der volle Blick dieser roten unirdischen Augen. Lalo erzitterte, als er die unendliche Müdigkeit in ihnen las.

Und doch war es nicht Lalo, sondern Enas Yorl, der als erster den Blick abwandte.

# Molin Fackelhalter

# Der Tanz der Azyuna

## Lynn Abbey

### 1

Er war ein gut aussehender Mann, noch nicht ganz in den mittleren Jahren, mit der Statur eines Soldaten, nicht der eines Priesters. Er betrat den Basarstand von Kul, dem Seidenverkäufer, mit einer von seiner Macht überzeugten Haltung und Miene, daß die anderen Kunden sich hastig in den staubigen Nachmittag zurückzogen, und Kul eifrig hinter seinen Stoffballen hervoreilte.

»Euer Gnaden?« schmeichelte er.

»Ich brauche eine Doppellänge Eurer feinsten Seide. Nicht die Farbe ist wichtig, nur die Feinheit des Gewebes. Die Seide muß wie Wasser fließen, und eine Kerzenflamme muß durch vier Lagen noch hell leuchtend zu sehen sein.«

Kul überlegte nur kurz, dann kramte er einen Armvoll Muster hervor. Er hätte jedes der Reihe nach zur Begutachtung vorgelegt, aber der Blick des Kunden fiel auf einen seegrünen Stoff. Kul sah sofort ein, daß es töricht wäre, des Priesters Geduld mit anderen Geweben auf die Probe zu stellen.

»Euer Gnaden haben ein gutes Auge«, sagte er statt dessen. Er rollte eine halbe Länge ab und ließ den Priester Gewebeart und Durchsichtigkeit selbst prüfen.

»Wieviel?«

»Zwei rankanische Goldkronen für zwei Längen.«

»Eine!«

»Aber Euer Gnaden kamen erst vor kurzem aus der Hauptstadt. Gewiß entsinnt Ihr Euch des hohen Preises für ein so feines Gewebe. Seht, der rechte Rand ist mit feinen Silberfäden gesäumt. Ganz gewiß ist der Preis von eins, sieben nicht zu hoch.«

»Und hier ist ganz gewiß nicht die Hauptstadt. Neun rankanische Soldo«, knurrte der Priester und ging mit seinem Angebot sogar noch herab.

Kul zog den Stoff aus des Priesters Hand und wikkelte ihn geschickt wieder um den Ballen. »Neun Soldos«, brummte er. »Die Silberfäden allein kosten schon mehr! Aber gut, ich habe im Grunde ja keine Wahl. Wie soll ein einfacher Basarkaufmann gegen Molin Fackelhalter, den Hohepriester Vashankas ankommen? Gut, gut – also neun Soldo.«

Der Priester schnippte mit dem Finger, und ein stummer Tempelknabe eilte mit seinem Geldbeutel herbei. Der Knabe holte neun Münzen heraus, zeigte sie erst seinem Herrn und händigte sie dann Kul aus, der ihre beiden Seiten genau betrachtete, um sicherzugehen, daß sie nicht gefälscht waren – was in Freistatt häufig vorkam. (Für einen Priester war es nicht schicklich, daß er sich selbst mit seinem Geld befaßte.) Während Kul die kleine Handvoll Münzen einsteckte, schnippte Fackelhalter erneut mit dem Finger. Diesmal kam ein kräftig gebauter Wüstensohn herbei, hielt den stoffbezogenen Türrahmen auf, bis der Hohepriester den Stand verlassen hatte, dann nahm er dem stummen Knaben den Stoffballen ab.

Zielsicher schritt Molin Fackelhalter durch die Menschenmenge im Basar, überzeugt, daß seine Diener ihm dichtauf folgten. Die Seide war fast so gut, wie der Kaufmann behauptet hatte und hätte in der

Hauptstadt, wo mit Geld nicht so geknausert wurde, bestimmt das Doppelte des ursprünglich verlangten Preises gekostet. So hoch der Priester auch in der rankanischen Hierarchie gestiegen war, genoß er doch immer noch ein geschicktes Feilschen.

Seine Sänfte wartete am Basartor auf ihn. Ein zweiter Wüstensohn hielt ihm die schweren Gewänder, während er die geschnitzte Holzstufe stieg. Der erste hatte die Seide bereits auf den Sitz gelegt und stand zwischen den hinteren Sänftenstangen. Der Stumme zog einen lederumwickelten gegabelten Stock aus seinem Gürtel, schlug dem Träger einmal gegen den Schenkel, und die Sänfte setzte sich in Richtung Palast in Bewegung. Die Wüstensöhne gingen dorthin, wo sie sich üblicherweise aufhielten, wenn Molin ihre Dienste nicht benötigte, und der Stumme trug den Stoff in die Wohngemächer, mit der strikten Anweisung, daß Lady Rosanda, Molins Gemahlin, ihn ja nicht zu Gesicht bekommen dürfe. Molin selbst wandelte durch den Palast zum Flügel der Vashanka-Diener und -Sklaven.

Vor allem letztere interessierten ihn, insbesondere die anmutige, grazile Sklavin aus dem Norden, namens Seylalha, die zu dieser Zeit den schwierigen Verführungstanz übte. Dieser Tanz war die Neugestaltung Sterblicher des göttlichen Tanzes, den Azyuna ihrem Bruder Vashanka dargeboten hatte, damit er sie zu seiner Konkubine mache und nicht ihren anderen verräterischen Brüdern zugeselle. Seylalha würde diesen Tanz in nicht ganz einer Woche am alljährlichen Festtag zum Gedenken des Zehntodes aufführen.

Der Tanz erreichte gerade seinen Höhepunkt, als Molin ankam. Seylalha begann mit der Pirouette. Ihr wadenlanges honigfarbenes Haar drehte sich mit ihr in einem weiten, blendenden Kreis. Das zerlumpte Übungsgewand hatte sie längst abgelegt, doch wirbelte sie noch nicht so schnell, daß der Hohepriester ihre festen Schenkel und die kleinen Brüste nicht hätte bewundern können. (Azyunas Tanz mußte von einer nordischen Sklavin vorgeführt werden, sonst wirkten die Bewegungen grotesk.) Molin wußte, daß das Gesicht der Sklavin ihrem Körper an Schönheit in nichts nachstand, obgleich es momentan unter dem wirbelnden Haar verborgen war.

Er schaute zu, bis die Musik zu einem letzten Crescendo anschwoll, dann schob er mit hörbarem Klikken das Guckloch zu. Bis zum Festabend, wenn sie für den Gott höchstpersönlich tanzte, würde Seylalha keinen richtigen Mann sehen.

## 2

Die Sklavin war zu ihrer Kammer geleitet – oder besser gesagt, geführt worden. Der feiste Eunuch drehte den Schlüssel, der einen schweren Riegel einschnappen ließ. Er hätte sich die Mühe sparen können. Nach zehn Jahren Gefangenschaft, und vor allem jetzt, da sie in Freistatt war, würde Seylalha wohl kaum durch einen Fluchtversuch ihr Leben aufs Spiel setzen.

Er war wieder da gewesen und hatte ihr zugesehen. Das und noch mehr wußte sie. Sie hielten ihren Verstand für so flach und reglos wie es ein Teich an einem windstillen Tag war – doch sie täuschten sich. Sie glaubten, sie könne sich an ihr früheres Leben, bevor sie sie in einem schmutzigen Sklavenpferch gefunden hatten, nicht erinnern. Aber sie war lediglich zu klug, um davon zu sprechen. Genausowenig hatte sie sich je anmerken lassen, daß sie Rankene sehr wohl verstand, daß sie diese Sprache von jeher verstand. Gewiß, die Frauen, die ihr den Tanz beibrachten, waren alle stumm und konnten ihr nichts, nicht einmal unbeabsichtigt, verraten. Doch es gab andere, die ihre Zunge noch besaßen. Durch sie hatte sie so allerlei über Freistatt, Azyuna und das Fest des Zehntodes erfahren.

Hier in Freistatt war sie die einzige, die den Tanz in seiner Gänze kannte, ohne ihn bereits vor dem Gott getanzt zu haben. Seylalha schloß darauf, daß dieses Jahr ihr Jahr sein würde – die schicksalsschwere Nacht ihres Sklavinnenlebens. Sie bildeten sich ein, sie wüßte nicht, was dieser Tanz war. Sie dachten, sie führe ihn aus Furcht vor den Frauen mit den bitteren Gesichtern und den lederumwickelten Stöcken vor. Aber in ihrem Stamm wurden schon neunjährige Mädchen für heiratsfähig gehalten, und eine Verführung blieb eine Verführung, da spielte die Sprache keine Rolle.

Ebenso hatte Seylalha gefolgert, daß – wenn sie nicht eine dieser zungenlosen Frauen werden wollte, die sie ausbildeten – sie schwanger von der Vereinigung mit dem Gott werden mußte. Der Legende nach war Vashankas unerfüllt gebliebener Wunsch, daß seine Schwester ihm ein Kind gebäre. Für ihre Freiheit würde Seylalha dem Gott diesen Gefallen tun. Das Fest des Zehntodes war in einer Neumondnacht, das war ihre fruchtbare Zeit. Wenn der Gott ein Mann nach Art ihrer Stammesbrüder war, würde sie empfangen.

Sie kniete sich auf die weichen Bettkissen, die man ihr zur Verfügung gestellt hatte, und wiegte sich auf den Knien vor und zurück, bis die Tränen in Strömen über ihre Wangen flossen. Doch sie weinte lautlos, damit ihre Wächter nicht darauf aufmerksam würden und ihr einen Beruhigungstrunk einflößten. Sie betete zum Sonnengott, zum Mondgott, dem Gott, der des Nachts die Herden beschützte, und zu allen anderen schattenhaften Dämonen, an die sie sich aus der Zeit vor ihrer Versklavung erinnerte. Immer aufs neue wiederholte sie ihre Gebete: »Laßt mich schwanger werden! Laßt mich das Kind des Gottes gebären! Laßt mich leben! Bewahrt mich davor, eine von *ihnen* zu werden!«

Aus der Ferne hörte sie ihre Schwestern, die kein Glück gehabt hatten, sich hinter verschlossenen Türen mit Hilfe von Tamburinen, Lauten, Flöten und Rasselstöcken miteinander unterhalten. Sie hatten ihren Tanz vorgeführt und ihre Zunge verloren. Ihr Schoß war mit Bitterkeit gefüllt, ihre Musik war eine klagende Weise – die ihr ihr Geschick vorhersagte, falls sie kein Kind gebar.

Als ihre Tränen trockneten, beugte sie den Rücken, bis ihre Stirn auf dem weichen Haar zu ruhen kam. Dann begann sie im Rhythmus der fernen Unterhaltung wieder zu tanzen.

## 3

Molin stiefelte finster um den Marmortisch herum, den er aus der Hauptstadt mitgebracht hatte. Der Stumme, der ihm als Leibknecht diente, drückte sich in die hinterste Ecke des Gemachs. Molins Grimm hatte ihn bereits dreimal getroffen, dabei war es noch nicht einmal ganz Mittag.

Diese Ungerechtigkeit! Diese Demütigung, der Hohepriester Vashankas in einem Loch wie Freistatt sein zu müssen! Der Tempel war immer noch nicht vollendet – unfähige Arbeiter, Unfälle, mit denen niemand gerechnet hatte, schlimme Omen. Die Priester der alten Ilsig-Götter freuten sich hämisch und trieben von der Bevölkerung die nicht gerade freiwilligen Spenden ein. Das Gefolge des Prinz-Statthalters war in unzureichenden Räumlichkeiten untergebracht, und sein Haushalt beengt. Er mußte doch tatsächlich ein Gemach mit seiner Gattin teilen – ein Zustand, von beiden unerwünscht und kaum noch zu ertragen. Der Prinz war ein Idealist, ein unverheirateter Idealist, dessen Glaube an die Glückseligkeit dieses unguten Zustands höchstens noch von seiner Naivität, was die Staatskunst betraf, übertroffen wurde. Trotz seiner zahlreichen Fehler und Mängel war es jedoch nicht leicht, sich in der Gesellschaft des Prinzen nicht wohl zu fühlen. Er hatte die geziemende Erziehung für einen nutzlosen jüngeren Sohn erhalten, und nur das schlimmste aller Geschicke hatte ihn dem Thron so gefährlich nahe gebracht, daß er so entsetzlich weit von ihm entfernt worden war.

In Ranke besaß Molin ein prächtiges Haus – ebenso eigene Gemächer im Tempel. Seltene Blumen blühten in seinem geheizten Garten. Ein Wasserfall rauschte an einer Innenwand des Tempels herab, übertönte allen Straßenlärm und hatte Regenbogen über diesen Tisch hier geworfen, als er noch in seinem Audienzsaal gestanden hatte. Was hatte er falsch gemacht? Jetzt hatte er ein Gemach, das nicht größer war als eine Kammer, mit einem Fenster zu einem Luftschacht, der in die Senkgrube der Hölle selbst führen mußte, und ein zweites, größeres, das einen Ausblick geradewegs auf den Galgen bot. Dazu waren die Höllenhunde heute anderswo eingesetzt, und die gestern Gehenkten baumelten im Wind.

Ungerechtigkeit! Demütigung! Und so mußte er sich natürlich der Erhabenheit seiner Stellung als Vashankas treuer und entsprechend ausgebildeter Priester gemäß kleiden. Kadakithis mußte seinen Weg in diese götterverlassenen Unterkünfte finden und sie genau wie die Priester erdulden, wenn Molin zu besseren kommen wollte. Eigentlich sollte der Prinz schon hier sein – zweifellos hatte er sich verlaufen.

»Mein Lord Molin?« rief eine fröhliche Stimme aus dem Vorraum. »Lord Molin, seid Ihr da?«

»Ich bin hier, mein Prinz.«

Molin bedeutete dem Stummen, zwei Schalen Fruchttee einzuschenken, als der Prinz das Gemach betrat.

»Mein Lord Molin, Euer Bote sagte, Ihr hättet Dringendes, Vashanka betreffend, mit mir zu besprechen. Das muß wohl stimmen, sonst hättet Ihr mich gewiß nicht den ganzen Weg bis hierher zurücklegen lassen. Wo sind wir? Nun, es ist egal. Gibt es wieder

Schwierigkeiten mit dem Tempelbau? Ich befahl Zalbar, sich darum zu kümmern, daß die Arbeiter ihre ...«

»Nein, mein Prinz, es gibt keine neuen Schwierigkeiten mit dem Tempelbau. Ich habe diese Angelegenheit ja auch, genau wie Ihr vorschlugt, in die getreuen Hände der Palastwache gelegt. Wir befinden uns übrigens in der Außenmauer Eures Palasts, genau neben der Hinrichtungsstätte. Ihr könnt den Galgen durch das Fenster sehen – wenn Ihr wollt.«

Der Prinz zog es vor, am Tee zu nippen.

»Ich habe Euch wegen des Gedenktages des Zehntodes hierhergebeten, mein Prinz. Die Feier soll in der Neumondnacht stattfinden. Und mein Gemach wählte ich, da ich mich ungestört mit Euch unterhalten möchte. Bei Euch sind eher heimliche Lauscher zu befürchten als hier.«

Wenn diese Andeutung den Prinzen kränkte, zeigte er es zumindest nicht. »Habe ich denn bestimmte Pflichten zu übernehmen?«

Molin, der die freudige Aufregung des Jünglings spürte, verfolgte seine Absicht um so eindringlicher. »Ganz besondere, mein Prinz, von einer Art, wie selbst Euer hochgeschätzter seliger Vater nicht die Ehre hatte, sie ausführen zu dürfen. Wie Ihr zweifellos wißt, hat Vashanka – sein-Name-sei-gepriesen – sich in letzter Zeit höchstpersönlich mit Angelegenheiten in dieser Stadt beschäftigt. Meine Auguren sprechen von drei verschiedenen Anlässen, seit Eurer Ankunft in dieser verfluchten Stadt, zu denen Seine Macht erfolgreich von einem herbeibeschworen wurde, der nicht der Tempelhierarchie angehört.«

Der Prinz stellte seine Teeschale ab. »Ihr wißt das?« fragte er unverhohlen ungläubig. »Ihr könnt sagen, wann Er Seine Macht eingesetzt hat?«

»So ist es, mein Prinz«, bestätigte Molin ruhig. »Das ist ja auch ein Zweck unserer Hierarchie. Durch die vorgeschriebenen Rituale und in Partnerschaft mit unserem Gott machen wir Vashanka geneigt, den getreuen rechtschaffenen Verfechtern alter Sitte seinen Segen zu geben, und lenken seinen Grimm auf jene, die dem Reich abhold sind oder ihm gar Schaden zufügen.«

»Ich weiß nichts von Verrätern ...«

»Genausowenig wie ich, mein Lord«, versicherte ihm Molin, obwohl er so seinen Verdacht hatte. »Aber ich weiß, daß unser Herr Vashanka – sein-Name-sei-gepriesen – sein Gesicht mit zunehmender Häufigkeit und vernichtender Wirkung in dieser Stadt zeigt.«

»Ist es denn nicht gerade das, was man von ihm erwartet?« Es war schwer zu glauben, daß das aufgeschlossene Kaiserhaus einen so beschränkten Sohn hervorgebracht hatte. Zu einer Zeit wie dieser, war Molin fast versucht, die Gerüchte, die sich um den Prinzen rankten, zu glauben. Eines besagte, daß er tatsächlich so klug und ehrgeizig war, wie die Berater seines kaiserlichen Bruders befürchteten; und ein anderes, daß er mit voller Absicht möglichst viele Fehler in seiner Stellung als Statthalter machte, damit er in die Hauptstadt zurückgerufen würde, ehe das Reich sich einem Aufruhr gegenübersah. Bedauerlicherweise nahm Freistatt es jedoch mit Leichtigkeit mit noch so geschickt vorgetäuschter Unfähigkeit auf.

»Mein Prinz«, begann Molin erneut und schnippte mit dem Finger, woraufhin der Stumme sofort einen schweren Sessel für den Statthalter herbeischob. Die Sache würde länger dauern, als der Priester gedacht hatte. »Mein Prinz, ein Gott, sagen wir jeder Gott, vor allem aber unser eigener Vashanka – sein-Name-sei-gepriesen – ist ein erschreckend mächtiges Wesen, das – obgleich es mit einer Sterblichen, ob sie nun willig ist oder nicht, Kinder zeugen kann – völlig anders ist als ein sterblicher Mann. Ein normaler Mann, der mit blanker Klinge durch die Straßen zieht und zum Aufruhr aufwiegelt, wäre von den Höllenhunden leicht zu bezwingen – vorausgesetzt, er fiele ihnen in dieser Stadt überhaupt auf ...«

»Soll das heißen, mein Lord Molin, daß ein solcher Mann sein Unwesen hier in meiner Stadt treibt? Habt Ihr mich deshalb hierhergebeten? Hält sich in meinen Gemächern ein gemeiner Verräter auf?«

Er macht mir was vor, dachte Molin. Niemand konnte körperliche Reife lediglich mit Kadakithis' scheinbarer Intelligenz erreichen. Er hatte sie doch erreicht, oder? Molins Pläne verlangten es. Kadakithis hatte seine Konkubinen, das war bekannt, aber vielleicht unterhielt er sich lediglich mit ihnen, bis sie einschliefen? Es wurde Zeit, daß er seine Taktik änderte.

»Mein teurer Prinz, als Hohepriester hier in Freistatt ist es meine Pflicht, darauf hinzuweisen, daß die wiederholten Vorfälle göttlicher Einmischung – unbeeinflußt durch Rituale, wie sie traditionsgemäß von mir und meinen Akoluthen durchgeführt werden sollen – eine ernste Bedrohung des Wohlbefindens Eures Volkes und des Erfolgs Eurer Mission in Freistatt sind. Sie müssen mit allen Mitteln verhindert werden!«

»Oh – oh!« Das Gesicht des Prinzen leuchtete auf. »Ich glaube, ich verstehe. Ich soll beim Fest nächste Woche etwas tun, das Euch helfen wird, die Kontrolle wiederzugewinnen. Werde ich mit Azyuna liegen?«

Der Glanz in den Augen des Jünglings versicherte Molin, daß der Prinz durchaus den Zweck einer Konkubine kannte. »Ihr habt es erraten, mein Prinz! Aber das ist nur ein kleiner Teil dessen, was nächste Woche geschehen wird. Der Tanz Azyunas und die Göttliche Verführung finden jedes Jahr beim Fest statt. Viele Kinder gingen schon aus einer solchen Verbindung hervor, und viele davon dienen ihrem Gottvater voll Würde – ich selbst bin der Sohn einer menschlichen Gottesgattin. Doch unter gewissen Umständen geht dem Tanz Azyunas die allerheiligste Unterhaltung des Zehntodes voraus. Vashanka – sein-Name-sei-gepriesen – deckt erneut auf, daß seine verräterischen Brüder Savankala, den höchsten Gott und ihren Vater, stürzen wollen. Er tötet sie an Ort und Stelle und nimmt Azyuna auf ihr Flehen sofort als seine Gattin in sein Bett. Das Kind aus einer solchen Vereinigung – wenn eins entsteht – hätte die besten Omen überhaupt!

Mein Prinz, die Auguren sehen, daß ein solches Kind geboren wird, und ausgerechnet hier in Freistatt – und die Handlungsweise unseres Gottes macht das glaubhaft. Es ist unbedingt .erforderlich, daß ein solches Kind unter Aufsicht des Tempels geboren wird. Es wäre geziemend, wenn Ihr der natürliche Vater dieses Kindes sein würdet.«

Das Gesicht des Prinzen nahm die Farbe des Fruchttees an, wechselte jedoch schnell zu einem fahlen Grün über. »Aber Molin, das ist die Aufgabe eines Generals – feindliche Offiziere zu töten, die sich ergeben haben! Ihr erwartet doch nicht wirklich von mir, daß ich zehn Männer töte, oder? Es sind ja nicht einmal mehr als zehn Vashanka-Priester in der ganzen Stadt! Ich würde Euch töten müssen! Das brächte ich nicht fertig, Molin – Ihr bedeutet mir zuviel!«

»Mein teurer Prinz.« Molin schenkte Fruchttee nach und winkte dem Stummen, als nächstes etwas Stärkeres zu bringen. »Mein teurer Prinz, obwohl ich ohne Zögern mein Leben für Euch oder das Reich geben würde, sollte das notwendig sein, versichere ich Euch, daß ich nicht beabsichtige, mein Leben jetzt als Opfer darzubieten. Selbst in den heiligsten Werken über die Rituale steht nichts von Art oder Rang der zehn, die getötet werden müssen – außer, daß sie zu Beginn des Rituals zu leben haben und nicht verunstaltet sein dürfen.«

In diesem Augenblick waren Schreie jenseits von Molins größerem Fenster zu hören und der ihm inzwischen allzu vertraute Laut der Henkersschlinge, wenn sie ein Genick bricht.

»Es ist wirklich sehr einfach, mein Prinz, Ihr braucht nur diese täglichen Hinrichtungen abzusagen, dann haben wir bis zum Fest die nötige Zahl beisammen.«

Der Prinz erbleichte bei dem Gedanken an die Freistätter Bürger, deren Untaten die Norm in dieser keineswegs sehr zivilisierten Stadt so sehr überschritten, daß seine Richter sie zum Tode verurteilten.

»Selbstverständlich werden sie gefesselt und bekommen einen Trunk, der sie so weit betäubt, daß sie gleichmütig werden und unempfindlich, wie es Teil unserer Sitte, wenn auch nicht Tradition ist«, beruhigte Molin den Prinzen. »Unsere Hierarchie duldete sogar, so unangenehm es war, daß ein Opfer überlebte«, fügte Molin schnell hinzu, ohne jedoch zu erwähnen, daß sie auch die Unannehmlichkeit hinnehmen mußte, daß alle elf an ihren Wunden gestorben waren, und das vor Vollendung des Rituals. Die Hierarchie hatte im Laufe der Generationen ihre Skrupel abgelegt, wenn es um ihre eigenen Interessen ging.

Kadakithis starrte stumpf in eine Ecke. Kurz zuvor hatte er aus dem Fenster geblickt, aber der Galgen hatte nicht dazu beigetragen, ihm seine innere Ruhe zurückzubringen. Molin hoffte offenbar, daß er ihm neue Unterkünfte zur Verfügung stellen würde.

Der Stumme brachte eine Kanne mit ländlichem Wein – ein erstaunlich guter Tropfen, wenn man seine Herkunft bedachte. Aber es war ja auch so, daß die Bürger lieber einen guten Wein tranken, als auf die Güte ihres Brotes oder Käses zu achten. Molin selbst kredenzte dem Prinzen das starke Getränk.

»Molin – ich kann nicht. Wenn es nur der Tanz wäre ... Nun, nein, nicht einmal dann.« Der Prinz straffte seine Schultern und täuschte eine Haltung fester Entschlossenheit vor. »Molin, Ihr irrt Euch, es wäre nicht ziemlich für einen Prinzen kaiserlichen Geblüts. Ich will damit nichts herabsetzen, aber es geht wirklich nicht, daß ich bei einem öffentlichen Fest in – nähere Beziehung zu einer Tempelsklavin trete!«

Molin dachte über die Ablehnung nach, überlegte, ob er Vashankas Rolle nicht selbst übernehmen sollte – er kannte die Schönheit der Tempelsklavin ja. Aber er hatte den Prinzen nicht belogen, es war wahrhaftig von größter Wichtigkeit, daß das Kind standesgemäß gezeugt wurde.

»Mein Prinz, ich ersuche Euch nicht leichtfertig um diesen Gefallen, genausowenig wie ich meine Brüder in Ranke leichtfertig von meiner Entscheidung in dieser Sache unterrichtet habe. Die Sklavin ist von bestem nordischen Blut. Das Ritual wird in strengster Abgeschiedenheit stattfinden.

Vashankas Hand ruht schwer auf Eurem Amt, mein Prinz, Ihr müßt Seine Anwesenheit gespürt haben. Die täglichen Deutungen der Auguren legen es offen dar. Nicht einmal Eure eigenen Höllenhunde, die Wächter über Gesetz und Ordnung, sind gegen die Gefahren von Vashankas ungezügelter Anwesenheit gefeit!«

Der Hohepriester machte eine Pause und blickte eindringlich in Kadakithis' Augen und zwang so den jungen Statthalter, die Gerüchte zu bestätigen, die ihre Runde machten und nie angezweifelt wurden. Molin konnte seine göttliche Abstammung als Ehre ansehen, denn es war auf die traditionell anerkannte Weise dazu gekommen. Doch wie sah es mit Tempus aus? Der Höllenhund trug Vashankas Zeichen, war jedoch fern aller Tempel geboren.

»Wer gibt uns das Recht, die Macht der Götter zu lenken?« entgegnete der Prinz ausweichend und ohne Molin anzusehen.

Der Hohepriester richtete sich zu seiner vollen Größe auf und überragte den Prinzen nun um einige Fingerbreit. Er straffte die Schultern, als trüge er den goldenen Kopfschmuck seines Amtes auf der Stirn. »Mein Prinz, wir sind die Lenker, die einzig wahren Lenker. Ohne die Vermittlung einer dieser Aufgabe geweihten Hierarchie würden die Bande der Tradition reißen, die Vashanka – sein-Name-sei-gepriesen – zu unserem Gott und uns zu Seinen Gläubigen macht. Die Rituale des Tempels, deren Ursprung eins ist mit ihm, sind der Ausgleich zwischen Sterblichen und Unsterblichen. Jeder, der sich diesen Ritualen entzieht, selbst aus noch so triftigen Gründen –

jeder, der nicht auf den Ruf der Hierarchie in ihrer Bedrängnis hört, verändert die Beziehung zwischen Gott und Gläubigen und fügt dadurch beiden großen Schaden zu!«

Wieder brachte der erfahrene Hierarch den erschrockenen jungen Prinzen dazu, den Blick abzuwenden. Molin war sich nur zu bewußt, daß er mit seinen Worten über die strikte Einhaltung der Rituale etwas übertrieb. Aber es stimmte, daß Vashankas Ungnade sehr unangenehm werden konnte, wenn er nicht geziemend besänftigt wurde. Die Rituale waren alle dazu gedacht, einen ungemein launenhaften und in jeder Beziehung unersättlichen Gott in Schach zu halten.

Vor Molins Fenster wurde es lauter, und der Tumult übertönte seine Stimme. Die täglichen Urteile wurden verkündet. Morgen sollten wieder zwei Missetäter gehenkt werden. Kadakithis zuckte zusammen, als er hörte, wie in seinem Namen die schrecklichen Strafen gerechtfertigt wurden, die von den Reichsgesetzen vorgeschrieben wurden. Noch mehr zuckte er zusammen und wich noch weiter vom Fenster zurück, als sich ein großer schwarzer Vogel auf das Fensterbrett setzte und den Kopf schief legte, um die beiden Männer neugierig zu beäugen. Der Prinz scheuchte ihn zum Galgen zurück.

»Ich werde tun, was ich kann, Molin. Ich spreche mit meinen Beratern.«

»Mein teurer Prinz, wenn es um das seelische Wohlergehen Seiner kaiserlichen Hoheit in Freistatt geht, bin ich Euer *einziger* vertrauenswürdiger Berater.«

Molin bedauerte seine unüberlegte Heftigkeit sofort. Obgleich der Prinz ihm mit glatten Worten versicherte, daß dem so sei, war der Vashanka-Priester überzeugt, daß der Höllenhund Tempus noch vor Sonnenuntergang von dem jugendlichen Statthalter eingeweiht würde.

Tempus war ein Schreckgespenst, ein Dorn, ein bösartiges Geschwür in der natürlichen Ordnung der Dinge; ein Sohn Vashankas, ein echter Sohn, zweifellos, und völlig unbelastet von jeglichem Zwang durch Ritual und Hierarchie. Selbst wenn nur ein Bruchteil der Gerüchte über ihn einen wahren Kern besaßen – beispielsweise, daß er die Vivisezierung auf Kurds Tischen überlebt hatte ... Nein, es war nicht glaubhaft! Tempus konnte nicht wirklich unantastbar für die Hierarchie sein!

Molin überlegte kurz. Nun, sagte er sich, auch ich bin ein echter Sohn. Soll der Prinz doch schwitzend zu ihm laufen! Soll er sich doch mit Tempus beraten! Sollen sie sich doch gegen mich verschwören – meine Pläne werden trotzdem gelingen!

Generationen von Priestern hatten Generationen von wahren Vashanka-Söhnen aufgezogen. Der Gott war nicht mehr ganz so blutdürstig wie früher, er konnte gezügelt werden. Und schließlich war Molins Zweig der Familie weit größer als Tempus'.

Er blickte dem Prinzen, als er ging, nunmehr ohne Besorgnis nach. Die Krähe kehrte zum Fensterbrett zurück und wartete ungeduldig auf ihr tägliches Futter – eine in Wein getauchte lebende Maus, die der Stumme herrichtete und der Priester ihr brachte. Molin verfolgte sie mit dem Blick, während sie zwischen den Dächern des Labyrinths verschwand, noch lange nachdem seine Gemahlin begonnen hatte, nach ihm zu rufen.

## 4

Seylalha verhielt sich völlig ruhig, während die mürrischen Frauen das seegrüne Gespinst um sie drapierten. So wenig Hemmungen sie hatten, sie voller Absicht mit den Nadeln zu stechen, so behutsam gingen sie mit der feinen Seide um. Schließlich traten sie zurück und bedeuteten ihr, sich für sie auf den Zehenspitzen zu drehen.

Bei der leichtesten Drehung bauschten sich die tiefen Falten zu zarten Wölkchen auf. Die herrlich leichte Seide war so ganz anders als die schweren Lumpen, die sie gewöhnlich tragen mußte, daß sie über der Freude ganz vergaß, auf die schwierige Tanzsprache ihrer Lehrerinnen zu achten, die sich mit den Fingern über ihre Kreation unterhielten.

Das Fest mußte nahe sein, denn sie würden sie bestimmt nicht so kleiden, stünde nicht ihre Vermählung mit dem Gott bevor. Der Mond, den sie durch ihr Zellenfenster sehen konnte, war bereits eine fast fadendünne Sichel, und schon bald würde er gar nicht mehr zu sehen sein.

Die Frauen griffen nach ihren Instrumenten und begannen zu spielen. Ohne zu warten, bis sie ihr mit ihren Klapperstöcken das Zeichen für den Anfang gaben, begann Seylalha zu tanzen. Sie ließ die freien Enden der Seide hinausschwingen, während sie die hundert Posen des Tanzes vorführte – jede einzelne ihren Muskeln schmerzhaft eingeprägt. Sie floß mit der atonalen Musik, legte ihre Seele in jeden Sprung, jede Drehung, und war sich nur allzu bewußt, daß diese sinnlose Aneinanderreihung von Bewegungen ihr einziges, eindringliches Flehen um Freiheit war.

Als sie zu dem heftigen, wirbelnden Schluß des

Tanzes kam, verfing die seegrüne Seide sich in ihrem fliegenden Haar und löste sich von ihrem Körper, bis nur noch die Broschen am Hals und der Taille sie hielten. Und während sie sich zum Fußfall neigte, schwebte die Seide hinab und verbarg das heftige Beben ihres Busens, während ihr Atem stoßweise kam. Die Klapperstöcke blieben still, hatten nichts auszusetzen.

Seylalha teilte ihr Haar und erhob sich anmutig. Selbst wenn sie noch Zungen gehabt hätten, wären ihre Lehrerinnen jetzt sprachlos gewesen. Nie wieder würde sie von ihnen herumkommandiert werden. Nun war sie es, die auffordernd in die Hände klatschte, bis man sie von der verschlungenen Seide befreite und sie zu ihrem Bad brachte.

## 5

Stockdunkel war die Nacht, daß selbst das Licht von zwei Dutzend Fackeln nicht genügte, die Prozession sicher durch die holprigen Straßen von Freistatt zu führen. Molin Fackelhalter und fünf weitere hohe Angehörige der Hierarchie nahmen gar nicht erst an der Prozession teil, sondern warteten in der verhältnismäßig annehmlichen steinernen Veranda des immer noch nicht vollendeten Vashanka-Tempels. Hinter den Priestern war ein großes Rundzelt errichtet worden, in dem die stummen Frauen ihre Instrumente stimmten. Als die wippenden Fackeln auf den Platz einbogen, wurde den Frauen Schweigen geboten, und Molin, der auf seinen kunstvollen Kopfputz achten mußte, stieg auf ein Podium auf der Veranda.

Das Mädchen Seylalha, in einen Umhang aus Federn und gesponnenem Gold gehüllt, klammerte sich an das Geländer des von sechs ausgewählten Soldaten der Garnison getragenen Podests. Als diese Schwierigkeiten mit den grobgehauenen Stufen hatten, wurde sie fast umgeworfen, so daß die feine Seide beinahe den Boden streifte, aber glücklicherweise retteten ihre Tänzerinnenreflexe sie vor dem Fall, der als schlimmes Omen betrachtet worden wäre. Zehn Verurteilte aus den Stadtkerkern schlurften, durch einen Trunk so gut wie gefühllos gemacht, achtlos vorüber, ohne einen Gedanken an Vergangenheit, Gegenwart oder die nur noch kurze Zukunft zu verschwenden. Ihre weißen Kittel waren durch mehrere Stürze in den glitschigen Unrat auf den Straßen beschmutzt, doch keiner hatte sich ernsthaft verletzt.

Den Abschluß der Prozession bildete Prinz Kadakithis, der eine Maske aus gehämmertem Gold und Obsidian trug, nicht unähnlich der des Hohepriesters. Der Prinz tastete sich zum Zelt. Er warf nur einen kurzen Blick auf Molin, denn ihre Masken machten eine unauffällige Unterhaltung unmöglich. Doch Molin genügte es, daß es tatsächlich der Prinz persönlich war, der das Zelt betrat. Er band die Tuchtür des Zeltes zu und stemmte drei überkreuzte Speere von außen davor.

Die Höllenhunde bildeten einen Kordon um das Zelt – alle Höllenhunde, außer Tempus, den Molin, wozu er sich selbst beglückwünschte, zum Wachdienst im Palast eingeteilt hatte. Der Mann mochte diesen Dienst zwar vielleicht nicht ernstnehmen, aber zumindest würde er sich nicht in der Nähe des Rituals aufhalten. Die Höllenhunde streckten die blanken Schwerter vor sich aus und waren bereit, jeden zu töten, der versuchte, das Zelt vor Sonnenaufgang zu betreten oder zu verlassen. Mit einer Stimme, die weit über die noch unvollendeten Tempelmauern schallte, erinnerte Molin sie an ihre Pflicht.

»Jene zehn, die Vashanka vernichtete, fielen in Ungnade und fanden bis zum heutigen Tag keinen, der ihre ehemalige Göttlichkeit ehrt. Nicht einmal ihre Namen sind mehr bekannt. Doch der Zorn eines Gottes ist stärker als der Geist eines Sterblichen. Sie werden ihren Tod erneut spüren und sich an diesem Ort sammeln, um einen ahnungslosen, schwachen Sterblichen zu finden, den sie übernehmen und zur Rache an ihrem Bruder benutzen können. Es ist eure Pflicht, dafür zu sorgen, daß es nicht dazu kommt!«

Zalbar, der Hauptmann der Höllenhunde, bestätigte Molins Befehl mit dröhnender Stimme.

## 6

Die Frauen – sie waren alle wie Frauen gekleidet, obgleich Seylalha wußte, daß einige in den wallenden Gewändern die Eunuchen waren, die sie ständig bewachten – kamen herbei, um ihr den schweren Umhang abzunehmen. Sie schüttelte die zerdrückte Seide, um sie zu lockern, und verschränkte erwartungsvoll die Finger. Eine Abgrenzung aus Netzgewebe trennte die Musikantinnen von den anderen Teilnehmern dieses Dramas, aber ihre Klänge waren vertraut und angenehm beruhigend. Der Teppich, auf dem sie ihren Tanz immer geübt hatte, lag etwas seitwärts von der Mitte des Zeltes, und dahinter befand sich ein Kissenhaufen, zu dem die kräftigen »Frauen« sie geleiteten.

Die Männer in den weißen Kitteln wurden zu einem üppig gedeckten, niedrigen Tisch gebracht und fielen fast übereinander, als sie sich auf die reichhaltigen Speisen stürzten. Die maskierte Gestalt, die etwas abseits stand und sich unter der prächtigen Gewandung sichtlich unbehaglich fühlte, führte man zu einem anderen Tisch, auf dem lediglich hartes Brot, ein Krug – sicher mit Wasser – und ein häßliches stumpfes Kurzschwert zu sehen waren.

Das also ist der Gott, dachte Seylalha, als die Gestalt die Maske abnahm. Er wirkte nicht gerade kraftvoll, doch welcher zivilisierte Mann war nicht verweichlicht? Jedenfalls war er ein Mann.

Der Gottmann schaute sie jedoch nicht an, sondern zog es vor, in den dunkelsten Winkel des Zeltes zu starren. Dieser seltsame Mangel an Interesse für sie beunruhigte Seylalha. Sie rutschte von den Kissen und nahm ihre Tanzhaltung ein. Sie erwartete, daß die Musikantinnen nun nach ihren Instrumenten greifen würden. Doch statt dessen fuchtelten sie mit ihren Klapperstöcken, und die Eunuchen zerrten Seylalha grob auf die Kissen zurück. Sie schüttelte ihre Hände ab, denn sie wußte, daß sie es nicht wagen durften, ihr weh zu tun, doch da wurde ihre Aufmerksamkeit – und nicht nur ihre, sondern die eines jeden im Zelt – auf einen Neuankömmling gelenkt, der schon eher so aussah, wie man sich einen Gottmann vorstellte. Er war unbemerkt aus der Dunkelheit gekommen und hielt einen blanken Dolch in seiner Linken.

Er war sehr groß, kräftig und hatte die rauhen Züge eines groben, heftigen Mannes. Der, den sie zuerst für den Gottmann gehalten hatte, umarmte ihn herzlich.

»Ich hatte schon Angst, du würdest nicht kommen, Tempus.«

»Ich gab Euch und Ihm mein Wort. Fackelhalter ist gerissen, er mißtraut mir bereits – so konnte ich nicht einfach nach Euch hereinspazieren, mein Prinz.«

»Sie ist bildschön ...«, murmelte der Prinz und blickte zum erstenmal offen zu Seylalha.

»Habt Ihr es Euch anders überlegt? Es wäre bestimmt das beste – selbst jetzt noch. Ihre Schönheit bedeutet mir nichts. Nichts von alldem hier bedeutet mir etwas, außer, daß es geschehen und ich es tun muß.«

»Ja, du wirst es tun – obgleich sie wahrhaftig bezaubernder ist, als ich es für möglich gehalten hätte.«

Der Obereunuch im Frauengewand eilte herbei, um die Männer zu trennen, und versetzte dem Eindringling einen heftigen Stoß. Seylalha, die die Körpersprache gut zu lesen vermochte, erstarrte erschrocken, als der riesenhafte Fremde sich umdrehte, kurz zögerte und dann den Dolch tief in die Brust des Eunuchen stach. Die anderen »Frauen«, die wenig mehr als einige verschwommene Bewegungen sahen, schrien entsetzt auf, als der Obereunuch tot auf den Boden sackte. Selbst die Männer in den weißen Kitteln hörten auf zu essen und drängten sich wie verängstigte Schafe zusammen.

»Es muß geschehen, ich warnte Euch, mein Prinz – nicht nur die zehn, sondern alle anderen ebenfalls. Wenn Euch Blutvergießen zuwider ist, wäre es besser, Ihr zieht Euch jetzt zurück. Meine Männer erwarten Euch. Ich werde nun meines Vaters Arbeit tun.«

»Was ist mit Zalbar? Ich habe Molins Ansprache gehört. Ich wußte zuvor nichts davon.«

»Weder Zalbar noch die anderen haben mich bemerkt. Sie werden auch Euch nicht sehen.«

Der, den er Prinz genannt hatte, schlich in die Dunkelheit. Der andere zog langsam den Dolch aus der Leiche.

»Unser kaiserlicher Prinz hält nichts von blutigen Ritualen und Gewalttätigkeit«, wandte er sich an alle im Zelt. »Er hat mich gebeten, an seiner Stelle die Rolle meines Vaters zu übernehmen. Ist jemand hier, der mir das Recht absprechen möchte, für Vashanka und meinen Prinzen zu handeln?«

Die Frage war rein rhetorisch. Die blutige Leiche verriet, was mit demjenigen geschehen würde, der es wagte zu widersprechen. Seylalha riß eine schwere Quaste von einem der Kissen und zerpflückte sie hinter ihrem Rücken. Sie klammerte sich an den Glauben, daß ihr Leben auf diesen einen Tag gerichtet gewesen war, und daß ihr Tanz ihre Rettung sein würde. Doch dieser Glaube geriet ins Schwanken, als die Eunuchen, die sie seit Jahren eingeschüchtert hatten, ihre Furcht nicht verbergen konnten, und die Männer in den weißen Kitteln vergeblich versuchten, sich irgendwo zu verstecken.

Mit unheilvollem Lächeln trat der Gottmann an den kleineren Tisch, brach einen Mundvoll Brot ab, leerte den Krug mit salzigem Wasser, und hob das plumpe Schwert. Er wog es in den Händen, und seine Finger paßten sich ihm genau an. Mit demselben furchterregenden Lächeln schritt er jetzt auf die Männer in Weiß zu.

Trotz des Mittels, das man ihnen eingeflößt hatte, rannten sie durch das Zelt, während er immer wieder zum tödlichen Schlag ausholte. Der Klügste und am wenigsten Betäubte der Verdammten stürzte sich durch das dünne Netz, um sich zu den Musikantinnen zu retten. Der Gottmann rechnete mit seinen »Brüdern« ab, ohne sich von der Dunkelheit aufhalten zu lassen, und mit einer wilden Entschlossenheit, die verriet, daß er ganz in seiner Rolle aufgegangen war. Er schob die zungenlos wimmernden Frauen mit der freien Hand zur Seite und setzte seine blutige Arbeit fort. Als die zehn getötet waren, sammelte er ihre Köpfe ein und trug sie zu dem langen Tisch, auf dem er sie aufhäufte.

Seylalha, die immer noch auf den Kissen kniete, schlang die Seide eng um sich und wand sich die losen Enden um die Arme, bis sie zur seegrünen Statue geworden war. Der hauchdünne Stoff verbarg jedoch nichts von ihrer Schönheit und auch nicht ihre Angst. Als der blutbesudelte Fremde, der mehr Gott als Mensch war, den letzten Schädel auf dem Tisch abgeladen hatte, wandte er seine Aufmerksamkeit den Eunuchen zu. Seylalha zog die Nadeln aus ihrem Haar, so daß die honigfarbene Pracht herabwallte, ihre Augen bedeckte und sie nicht mitansehen mußte, wie ihre Wächter starben. Dann ballte sie ihr Haar zusammen und drückte es in und an die Ohren, um das Winseln der Halbmänner nicht zu hören. Wie schon als Kind und oft als Frau wiegte sie sich auf den Fersen und betete leise zu Göttern, deren Namen sie längst vergessen hatte.

»Es ist soweit, Azyuna.«

Seine Stimme riß sie aus dem Gebet. Seine Finger legten sich um ihr Handgelenk und zogen sie unerbittlich auf die Füße. Ihre Beine zitterten, und ohne seine Hilfe hätte sie sich nicht auf den Füßen zu halten vermocht. Als er sie sanft schüttelte, preßte sie die Lider zusammen und hing schlaff in seiner Hand.

»Öffne die Augen, Mädchen. Es ist soweit!«

Seylalha gehorchte dem fremden Willen. Sie öffnete die Augen und schüttelte sich die Haare aus dem Gesicht. Die Hand, die sie hielt, war sauber, ohne Spuren von Blut. Und die Stimme, die ihr befahl, hatte etwas von ihrem fast vergessenen, wilden Geburtsland in sich. So stumm und verängstigt wie die Frauen hinter dem zerrissenen Netz hing sie in dem Griff des Gottmannes.

»Du bist offenbar die, die Azyunas Flehen darstellen soll – so wenig du ihr auch ähnelst. Zwinge mich nicht, dir weher zu tun, als ich ohnehin muß!« Er flüsterte es eindringlich, ganz nah an ihrem Ohr, und sein Atem war so warm wie Blut. »Oder haben sie dir nicht alles erzählt? Ich bin ich selbst, ich bin Vashanka – wir beide werden ungeduldig, Mädchen. Tanze, dein Leben hängt davon ab!«

Er drehte leicht ihr Handgelenk und ließ sie auf den blutbesudelten Teppich fallen. Sie strich ihr Haar mit dem Arm zurück, der von seinem Griff gerötet war. Der Gottmann hatte die dunkle Kleidung ausgezogen, die er während des Tötens getragen hatte, und stand nun neben den Kissen in einer sauberen goldgewirkten Toga. Aber das Schwert hing noch an seiner Seite, das Blut war nicht ganz abgewischt. Sie las seine Anspannung aus der Haltung seiner Beine und an der Art, wie seine Linke nach dem Schwertgriff ausgestreckt war, und wie er ganz leicht eine Braue nach unten zog. Da erinnerte sie sich, daß der Tanz ihre Freiheit bedeutete.

Seylalha streckte eine Hand durch das zerzauste Haar und deutete mit zwei Fingern auf die Musikantinnen. Der zögernde, schrille Akkord verriet deren Angst, doch dann fand die Tamburinspielerin den richtigen, pochenden Ton, und der Tanz begann.

Zuerst spürte Seylalha den unebenen Boden unter dem Teppich und die nassen Flecken darauf, genau wie sie diese eisigen Augen und ausgestreckten Finger sah. Doch dann gab es nur noch die Jahre der Übungen, die Musik und die Heftigkeit des Tanzes selber. Dreimal spürte sie, wie sie ausrutschte, doch dreimal rettete die Musik sie, und sich windend und drehend fing sie sich mit vom Willen angespornten Muskeln, denen sie nicht gestattete, Schmerzen zu verspüren.

Ihre Lunge brannte, ihr Herzschlag schien ihr lauter zu sein als das Tamburin – sie tanzte. Nun hörte sie nur noch den hämmernden Rhythmus der Musik und ihres Herzens. Sie sah die dunkle, üppige Azyuna vor sich, wie sie einst vor ihrem langzahnigen, blutbesudelten Bruder getanzt hatte.

Der Gott Vashanka lächelte, und Seylalha, mit honigfarbenem Haar, das sich in der seegrünen Seide verfing, begann den wirbelnden Abschluß des Tanzes. Sie hatte einen salzig-metallischen Geschmack im Mund, als sie sich zum Fußfall neigte, der fast zu einem kaum noch beherrschten Zusammensacken auf dem Teppich wurde. Deutlich war im Fackellicht zu sehen, wie sie am ganzen Leib zitterte, und der Schweiß schimmerte auf ihrer Haut.

Dunkelheit stand am Ende ihrer Gedanken, die absolute Finsternis der Erschöpfung, und der Tod. Das war eine Freiheit, mit der sie nicht gerechnet hatte. Doch in dem noch hellen Mittelpunkt ihrer

Gedanken sah sie zunächst den blutigen Gott, dann den Fremden, der weiß und honigfarben war. Beide lächelten, beide kamen auf sie zu. Das Schwert war verschwunden.

Starke Arme strichen ihr Haar zurück, legten sich um sie, hoben sie mühelos vom Teppich und drückten sie an kühle, trockene Haut. Ihr bleierner Arm schüttelte die Müdigkeit ab und fand zum Ausruhen seine Schulter. Hatte Azyuna ihren Bruder so sehr geliebt?

»Laß sie los! Ich bin die passende Schwester für deine Lüste.« Eine Frauenstimme, die nicht Seylalhas war, hallte im Zelt und ließ gleichermaßen an Feuer und Eis denken.

»Cime!« rief der weiß-und-honigfarbene Mann, während Seylalha hilflos auf den Teppich zurückglitt.

»Sie ist eine Sklavin, ein Werkzeug des Tempels, um sowohl dich wie Vashanka zu entwaffnen!«

»Was führt dich hierher?« Die Stimmes des Mannes klang erstaunt, ein wenig verärgert und eine Spur erschrocken. »Du hast doch gar nicht wissen können ...«

»Was mich hierher führte? Der Geruch von Zauberei, Priestern und Ränken. Zumindest soviel schulde ich dir – sie wollen den Gott in Bande schlagen! Sie wollten den lilienreinen Prinzen von Vashanka besitzen lassen und einen Prinzen gewinnen, wenn vielleicht schon kein Kind. Ihre Pläne sind hinreichend zunichte gemacht.«

Seylalha drehte sich vorsichtig und hob einen Arm, um unter ihrem Haar die große schlanke Frau mit dem graudurchzogenen Haar sehen zu können. Sie atmete jetzt etwas leichter. Der Tanz hatte sie nicht getötet – doch nur der Gott konnte ihr die Freiheit schenken.

»Sterbliches Fleisch ist keine Fessel – wie du sehr wohl weißt, haben Vashankas Kinder ihren besonderen Fluch zu tragen ...«, sagte der Gottmann und trat auf die Frau zu.

»Dann vollenden wir ihr armseliges Ritual und verdammen den Fluch. Sie werden die Schlampe töten, wenn sie das nächste Mal ihre Periode bekommt. Und was uns betrifft – wer weiß? Eines Gottes Freiheit?«

Die Frau, die der Mann Cime genannt hatte, riß ihr Mieder auf und offenbarte einen Körper, der das Grau in ihrem Haar Lügen strafte. Seylalha spürte, wie der Mann sich weiter von ihr entfernte. Cimes Worte hallten mit spöttischem Klang in ihren Ohren wider. Sie hatte sich vorgestellt, wie Vashanka sich auf seine dunkle Schwester fallen ließ. Dieser Gottmann würde es nicht anders tun. Und sie, Seylalha würde nur noch bis zum Vollmond eine Gnadenfrist haben. Während Bruder und Schwester langsam aufeinander zugingen, schlossen Seylalhas Zehen sich um den Griff des abgelegten Schwertes und zogen es in ihre Reichweite. Mit schlangengleicher Flinkheit und Lautlosigkeit schnellte sie zwischen das Paar, mit dem Gesicht der Frau zugewandt, und brach den Bann, der die beiden zueinander gezogen hatte.

»Er ist mein!« rief sie mit einer so wenig benutzten Stimme, daß sie Azyuna selbst gehören mochte. »Er ist mein, mir ein Kind und die Freiheit zu geben!« Sie drückte die Schwertspitze an die Brust der Frau.

Die Schwester wich zurück. Wut, gestörtes Verlangen und mehr funkelte aus ihren Augen, aber Seylalha las die Furcht in ihren Bewegungen und wußte, daß sie gewonnen hatte. Die Finger des Mannes glitten durch ihr honigfarbenes Haar, öffneten die Brosche an ihrem Hals, die die Seide um ihre Schulter hielt, und riß sie aus dem feinen Gewebe.

»Sie hat recht, Cime. Mit Seiner Freiheit kannst du mich nicht locken, zu lange spürte ich sie bereits. Wir werden Fackelhalters kleines Spiel bis zu Ende mitspielen und zusehen, wie das Antlitz des Chaos uns alle auslacht. Das Mädchen hat ihr Kind verdient, also geh – oder ich gestatte ihr, dich zu verjagen.«

Rasende Wut sprach nun aus Cimes Gesicht, aber Seylalha kümmerte sich nicht mehr darum. Sie ließ das Schwert fallen, kaum daß seine Arme sie ein zweites Mal vom Boden hoben. Er trug sie nun ohne weitere Störungen zu den Kissen. Sie ergriff seine Toga und riß sie ihm mit einer Entschlossenheit, die seiner nahe kam, vom Leib. Die stummen Frauen griffen wieder nach ihren Instrumenten und spielten eine verzaubernde Weise, die das Zelt erfüllte.

Seylalha verlor sich ganz in seiner Umarmung, bis es außerhalb der Kissen und dem Hauch von Musik nichts mehr gab als ihn. Die Fackeln waren längst heruntergebrannt, und in der Dunkelheit war ihr Gottliebster weder furchterregend noch grausam. Vielleicht hatte er vorgehabt, ihr Gewalt anzutun und Schmerzen zuzufügen, doch ihr Verlangen nach einem Kind und ihrer Freiheit waren von einer Leidenschaft, die ihn überwältigte. Schließlich schlief er quer über ihrer Brust ein, und obgleich sie es nicht beabsichtigt hatte, fiel auch sie in Schlaf.

Plötzlich brummte er etwas, zuckte hoch, und ließ sie verwirrt und frierend auf den Kissen liegen. Wachsamkeit spannte die Muskeln seiner Beine, wie sie bemerkte. Sie stützte sich auf einen Ellbogen, erkannte jedoch den Grund seiner Besorgnis nicht.

»Hüll dich ein«, befahl er ihr und warf ihr seine zerrissene Toga zu.

»Warum?«

»Es wird hier gleich brennen«, antwortete er, als wiederhole er lediglich die Worte, die ihm längst durch den Kopf gingen. »Bei den Windern, Cime oder was auch immer – es ist Verrat im Spiel!«

Er umfaßte ihren Arm und zog sie auf die Füße, als ringsum Flammen aus dem Zelt züngelten. Die Toga an die Brust drückend, schmiegte Seylalha sich an ihn. Einen Herzschlag stand er reglos. Das Feuer tobte durch das Zeltdach und brauste auf den Teppich und die Kissen zu, wo sie standen. Funken hüpften zu ihrem langen Haar. Sie schrie und schlug nach den Flammen, bis er sie mit seinen Prankenhänden ausdrückte und das Mädchen auf die Arme hob.

Der Feuerschein entzog seinem Gesicht alle Freundlichkeit und erfüllte es mit Schmerz und Rachsucht. Eine der schweren Stangen, die das Zelt stützten, krachte vor ihnen auf den Boden und jagte Flammen bis über seine Knie. Fluchend stieß er Namen hervor, die ihr nichts sagten, während er durch die Feuersbrunst schritt.

Im Morgengrauen kamen sie aus dem Flammenkreis in die feuchte Luft der Hafenstadt. Seylalha hustete, und ihr wurde bewußt, daß sie kaum geatmet hatte, seit er sie auf den Arm hob. Als sie keuchend die kühle Luft einsog, stieg ihr der bittere Geruch von versengtem Haar und verbranntem Fleisch in die Nase.

»Deine Beine?« wisperte sie.

»Sie werden heilen. Alles heilt.«

»Aber du bist verletzt«, gab sie zu bedenken. »Ich kann selbst gehen, du brauchst mich nicht mehr zu tragen.«

Sie versuchte, sich seinem Griff zu entwinden, doch er hielt sie fest, und sein Gesicht wurde noch unfreundlicher. Sie begann, ihn wieder zu fürchten, als wäre ihre Verbindung im Zelt nicht mehr als ein Traum gewesen. Diese erbarmungslosen Finger um ihre Arme und Schenkel konnten nie sanft gewesen sein.

»Ich habe dir nicht weh getan«, sagte er heftig. »Von mehr Frauen, als ich mich zu erinnern wünsche, konntest allein du mit deinem Verlangen mich befriedigen. Du hast deine Freiheit bekommen, und ich fand erholsamen Schlaf in den Armen einer Frau. Wenn es sicher ist, werde ich dich absetzen, nicht eher.«

Er trug sie vorbei an den herumliegenden Bausteinen des unfertigen Tempels und hinaus in freies Land, außerhalb der Grenze des unter rankanischer Herrschaft stehenden Freistatts, auf die zerfallenden Häuser zu, die verlassen lagen, seit Ilsig die Stadt aufgegeben hatte. Sie schauderte und weinte lautlos, schmiegte sich jedoch fest an ihn, während er im Grau des neuen Tages durch die unkrautüberwucherten ehemaligen Äcker stapfte. Bei einer halb eingefallenen Mauer hielt er an und setzte sie darauf.

»Die Höllenhunde kommen auf ihrer Streife am Morgen hier vorbei. Sie werden dich sehen und sicher zu dem Prinzen und dem Fackelhalter zurückbringen.«

Sie bat ihn nicht, mit ihm gehen zu dürfen, das gestattete sie sich nicht. Der, für den sie getanzt hatte, war nicht mehr, hatte sich vielleicht für alle Ewigkeit zurückgezogen, und der, der geblieben war, gehörte wohl nicht zu der Art, der zu folgen klug wäre für eine Sklavin und Tänzerin. Außerdem mußte sie an das Kind denken ... Trotzdem vermochte sie nicht, sich von ihm abzuwenden, als er sie finster anstarrte. Doch da wurde sein Gesicht ein wenig weicher, als lebte ihr Liebster doch noch hinter der grimmigen Miene.

»Wie heißt du eigentlich?« Seine Stimme klang fast sanft, doch vielleicht auch eine Spur spöttisch.

»Seylalha.«

»Ein nordischer Name, nicht wahr? Hübsch zur Erinnerung.«

Und dann verließ er sie. Er schritt quer über die verwilderten Felder zurück zur Stadt. Sie schlang sich die zerrissene und angesengte Toga um die Schultern und wartete.

## 7

Molin Fackelhalter eilte durch die polierten Steinkorridore des Palasts. Seine neuen Sandalen klatschten gegen die Fußsohlen und klapperten widerhallend in den leeren Gängen. Dieses Geräusch erinnerte ihn an die lederumwickelten Stöcke seiner Sklavinnen, und das wiederum an das mysteriöse Feuer während der Nacht des Zehntodes vor zwei Wochen, das so viele Leben gekostet hatte. Er hatte jetzt nur noch wenige Tempelsklavinnen und Eunuchen.

Gleich am Tag nach dem Feuer hatte er einen Boten in die Hauptstadt geschickt mit einem Bericht über die Ereignisse so wie er sie auslegte. Er hatte ihn selbst geschrieben und versiegelt. Keineswegs konnte der Prinz schneller gehandelt haben, und selbst wenn, wäre unmöglich bereits eine Antwort angekommen. Es gab keinen Grund, warum Kadakithis oder der Kaiser persönlich heute Anweisungen, Vashanka betreffend, geben sollte. Doch der Prinz hatte ihn ungewohnt gebieterisch zu sich gerufen, und so eilte Molin mit besorgter Miene durch die langen leeren Korridore.

Seit dem Zehntod sah er den Prinzen mit anderen Augen und nahm ihn weit ernster als zuvor. Nachdem die verkohlten Überreste von Zelttuch und Holz ausreichend abgekühlt waren, so daß die Höllenhunde sich umsehen konnten, hatten sie einen Haufen Schädel auf einem Fleck gefunden und die Leichen der zehn Verurteilten verstreut in den versengten Trümmern. Für einen, der seine Abneigung gegenüber Blutvergießen so deutlich ausdrückte, hatte Kadakithis Vashankas Rache ziemlich genau nachvollzogen – mit einer Genauigkeit sogar, die nicht unbedingt erforderlich gewesen war, und in allen Einzelheiten, an die Molin sich nicht erinnern konnte, sie dem Prinzen überhaupt mitgeteilt zu haben.

Neben dem Thron des Prinzen stand Tempus, der also nach einer weiteren ungeklärten Abwesenheit wieder zurück war. Der stämmige grausame Höllenhund sah nicht sehr glücklich aus – vielleicht machten sich die Anstrengungen der getreuen Heiligen Bruderschaft bereits bemerkbar. Wieder wünschte Molin sich, er wüßte, weshalb er hierherbefohlen worden war, dann nickte er dem Herold zu und vernahm, wie dieser ihn anmeldete.

»Ah, Molin, da seid Ihr ja. Wir fragten uns bereits, wo Ihr so lange bleibt«, sagte der Prinz mit seinem üblichen Charme.

»So sehr ich meine neuen Gemächer schätze, scheinen sie doch mehrere Meilen von hier entfernt zu liegen. Nie hätte ich gedacht, daß es in einem kleinen Palast so viele endlose Gänge geben könnte!«

»Ihr seid mit Eurer neuen Unterkunft zufrieden? Und Lady Rosanda ...«

»Das Mädchen, das Azyunas Tanz vorführte – was ist aus ihr geworden?« unterbrach Tempus den Prinzen, und Molin wandte seine Aufmerksamkeit sofort dem Höllenhund zu.

»Sie trug nur ein paar geringfügige Brandwunden davon«, antwortete Molin vorsichtig, denn Tempus' finstere Miene entging ihm nicht. Der Höllenhund hatte ihn durch den Prinzen hierherbefohlen, daran zweifelte er nun nicht mehr. »Sie scheint sich jedenfalls völlig erholt zu haben.«

»Ihr habt sie doch freigelassen, Molin, nicht wahr?« warf der Prinz ein.

»Nun, es ist noch zu früh, um festzustellen, ob sie guter Hoffnung ist. Jedenfalls hielt ich es für angebracht, ihr Überleben als ein Zeichen der Gunst des Gottes zu deuten – in Ermangelung anderer Unterrichtung. Ihr habt Euch inzwischen an nichts erinnert, mein Prinz?« Molin wandte sich dem jugendlichen Statthalter zu, warf jedoch einen Seitenblick auf Tempus. Da war etwas in der Miene des Höllenhundes, wann immer der Zehntod erwähnt wurde, aber Molin zweifelte, daß er je etwas Näheres erfahren würde. Kadakithis behauptete, der Gott habe von dem Augenblick an, da die Zelttür versperrt wurde, von ihm Besitz ergriffen und ihn offenbar nicht verlassen, bis er sich bei Sonnenaufgang in seinem eigenen Bett wiedergefunden habe.

»Und wenn sie schwanger ist?« fragte Tempus scharf.

»Dann wird sie ihr Leben im Tempel verbringen,

mit allen Rechten einer Freigelassenen und lebenden Gattin unseres Gottes – wie Ihr wißt. Ihre Macht könnte beachtlich werden – doch das vermag nur die Zeit zu erweisen. Es hängt von ihr ab und dem Kind – falls sie eines haben wird.«

»Und wenn nicht?«

Molin zuckte mit den Schultern. »Wird es in vielerlei Hinsicht kaum anders werden. Es liegt nicht in der Macht des Tempels, die Ehren, die wir einmal verliehen, zurückzuziehen. Vashanka hielt es für angebracht, sie aus der Feuersbrunst zu retten.« Es war leichter sich vorzustellen, daß Vashanka von Tempus Besitz ergriff, als von dem Prinzen, aber Molin war nicht Hohepriester geworden, weil er unvorsichtig öffentlich seine Meinung sagte. »Wir erkennen sie als die Erste Gemahlin von Freistatt an. Natürlich wäre es am besten, wenn sie guter Hoffnung wäre.«

Tempus nickte und blickte den Prinzen an. Das war das Zeichen, auf das Kadakithis gewartet hatte. Er hatte sich bei dieser Aussprache noch unbehaglicher gefühlt als Molin, der Heimlichtuerei gewöhnt war. So verließ der Prinz das Gemach ohne höfische Förmlichkeit. Der Hohepriester und der Höllenhund blieben noch kurz.

»Ich habe mich in den vergangenen Tagen oft mit ihr unterhalten. Erstaunlich, festzustellen, daß eine Sklavin Verstand hat, nicht wahr?« sagte Molin laut zu sich, aber doch mehr für den Höllenhund. Wenn Tempus ein Interesse an Seylalha hatte, wollte die Priesterschaft es nutzen. »Sie ist überzeugt, daß sie mit dem Gott schlief – in allen anderen Beziehungen ist sie intelligent und keineswegs leichtgläubig. Ihr Glaube an ihren Liebsten ist jedoch unerschütterlich. Immer noch tanzt sie ohne musikalische Begleitung für ihn. Ich habe ihr neue Seide besorgt, aber Frauen und Eunuchen müssen erst aus der Hauptstadt kommen, und das braucht Zeit.

Jeden Abend bei Sonnenuntergang sehe ich ihr zu. Es scheint ihr nichts auszumachen. Sie ist sehr schön, aber auch traurig und einsam – ihr Tanz hat sich seit dem Zehntod geändert. Ihr solltet einmal kommen und ihr ebenfalls zusehen.«

# Tempus

# Ein Mensch und sein Gott

## Janet Morris

### 1

Sonnwendgewitter tobten über Freistatt. Blitze zuckten, und der Regen wusch den Staub von den Dächern und den Gesichtern der Söldner, die durch die Stadt zogen auf ihrem Weg gen Norden, wo (wie die Seher behaupteten und die Gerüchte zu bestätigen schienen) das rankanische Reich sich auf einen Krieg vorbereitete und bald Soldaten in großer Zahl anwerben würde.

Der Himmelserguß löschte die Kochfeuer westlich der Stadt, wo der Troß sein Lager aufgeschlagen hatte, da die Elendsunterkünfte in der Stadt alle überfüllt waren. In Zelten aus übelriechenden schlechtgegerbten Fellen verkauften Waffenhändler ihre Ware an Söldner, deren Augen schärfer waren als das meiste wachsgeschmiedete Eisen, und deren Rüstungen so gezeichnet sein mußten, daß der Freund sie vom Feind unterscheiden konnte, und damit sie Fremde auf ihre unfehlbare Kampfkraft hinwiesen, so daß sie einen hohen Sold verlangen konnten. Feine Plattenharnische sowie Kettenhemden waren in diesem Sommer in Freistatt genauso zu haben wie die besten Streitäxte und Schwerter, aber auch Helme mit Kämmen in Farben nach Wunsch. Schlimmer als jetzt, nachdem die Abwindbrise erst durch das Lager gezogen war, hatte es nie gestunken.

Da und dort zwischen den dampfenden Feuerbekken drillten Belagerungsfachleute und Festungsbefehlshaber ihre Leute, damit sie sich nicht aus Langeweile von Offizieren anderer Truppen, die ihre Mannschaft aufstocken wollten, abwerben ließen. Doch um hier für Ordnung zu sorgen, hatte der Halbbruder des Kaisers Kadakithis lediglich ein halbes Dutzend Leibgardisten, Höllenhunde genannt, und eine Garnison mit einheimischen Ilsigern zur Verfügung – Ilsig war zwar erobert, fühlte sich jedoch nicht zum Reich gehörig. Die Rankaner beschimpften die Ilsiger als »Winder«, und die Ilsiger die Rankaner »nackte Barbaren«, und ihre Frauen noch Schlimmeres. Und nicht einmal der Regen vermochte das Feuer dieser uralten Rivalität zu löschen.

Auf der Landzunge nördlich des Leuchtturms hielt der Regen den Bau von Prinz Kadakithis' neuem Palast auf. Nur ein Mann und sein Pferd, beide wie aus Bronze, beide überdurchschnittlich groß und kräftig, waren am Strand zu sehen. Die Freistätter, die einst ihre Stadt »gerade links vom Himmel« gesehen hatten, sprachen nun in ihrer Untergangsstimmung von Freistatt als dem Tor des Todes, und von dem Reiter, Tempus, als dem Tod persönlich.

Doch er war ein Söldner, Abgeordneter einer rankanischen Fraktion, die, was den Kaiser betraf, auf eine Änderung erpicht war; er war ein Höllenhund von Kadakithis' Gnaden, und Palastsicherheitsoffizier, da der Prinz zu wenig Leute hatte – schließlich sollte er ja in seiner Verbannung nicht allzuviel Erfolg haben. Seit kurzem war Tempus von Kadakithis auch zum Baumeister bestimmt worden, wozu er zumindest so gut wie andere auch geeignet war, denn er hatte Erfahrung mit mehr Festungen, als der Prinz Jahre zählte. Der jugendliche Statthalter hatte sich das Grundstück ausgesucht, der Soldat es begutachtet und für geeignet befunden. Da er jedoch nicht ganz zufrieden damit gewesen war, hatte er für Verbesserungen gesorgt. Mit Hilfe von Ochsen hatte er für das Fundament entlang des Küstenstreifens tief ausheben lassen, damit seine Mannschaft aus Festungsbauern, die er von weit her hatte kommen lassen, Doppelmauern aus gebackenen Ziegeln, mit Kies gefüllt und mit Stein verkleidet, errichten konnten. Sie sollten, wenn sie erst hoch genug waren, einen Wehrgang mit Zinnen bekommen und Wachtürme an den hohen Doppeltoren. Selbst noch unvollendet, verwehrten die Mauern Unbefugten den Zutritt zur Landzunge und zum Leuchtturm, und blickten, an einen grinsenden Totenschädel erinnernd, auf die Stadt mit ihren Getreidespeichern, Stallungen, der frisch getünchten Kaserne und einer Trinkwasserquelle. Tempus hatte jedenfalls vor, alles für eine möglicherweise lange Belagerung vorzubereiten und es dem Feind nicht leicht zu machen.

Das ungewöhnliche, vielleicht von den Göttern geschickte Wetter mochte zwar den Bau verzögern, konnte jedoch Tempus nicht von seiner Arbeit abhalten. Denn Arbeit machte dem Mann, der nicht schlafen konnte und seinem Gott den Rücken zugewandt hatte, das Herz leichter. Heute erwartete er Kadakithis und seinen eigenen anonymen rankanischen Verbindungsmann, um den Abgesandten mit der möglichen Galeonsfigur bekanntzumachen, damit die beiden sich beschnuppern konnten. Dann würde man schon sehen.

Als er dieses Treffen vereinbarte, hatte er noch unter Vashankas Schutz gestanden. Inzwischen hatte sich allerhand für ihn geändert, und er wollte Vashanka, dem Sturmgott, der an den Fäden, auch im Herrscherhaus, zog, nicht mehr dienen. Er wollte Kadakithis um Entlassung aus seinem Dienst bitten, damit er frei war, unter die Söldner zu gehen, denen seine Seele gehörte (die er nun wieder besaß), und eine eigene Kohorte zusammenzustellen, mit der er nordwärts marschieren konnte, um in die Dienste des Höchstbietenden zu treten. Er wollte sich im Kampf austoben, um vielleicht doch den Weg zurück durch jenes schimmernde Dimensionstor – durch das der Gott ihn vor langer Zeit gestoßen hatte – in die Welt und das Zeitalter zu finden, in das er geboren war.

Er wußte, daß diese Chance geringer war als die Kadakithis', Kaiser von Ober- und Niederranke zu werden, und da der Glanz des Gottes eigener Vernunft vergangen und der Fluch geblieben war, durch den er überhaupt erst zu des Gottes unwilligem Anhänger geworden war, würde er sich eben zunächst mit einer kleineren Truppe ausgewählter Söldner zufriedengeben, aus der er allmählich eine Armee aufbauen konnte, die im Gegensatz zu Kadakithis augenblicklichen Streitkräften ernstgenommen werden mußte. Zu diesem Zweck hatte man sich mit ihm in Verbindung gesetzt, und er hatte sich einverstanden erklärt. Nun mußte er nur noch dafür sorgen, daß auch Kadakithis das einsah.

Der Söldner, der ein Höllenhund war, trieb das Pferd an, dem weder seine neuen Hufeisen gefielen, noch das Wasser, das weiß wie Strümpfe kniehoch gegen seine Beine brandete. Wie Kadakithis fürchtete es die falschen Dinge und hatte Vertrauen nur zu sich selbst: ein unhaltbarer Hochmut, sowohl des Pferdes als auch des Mannes, wenn das Pferd wie der Mann in die Schlacht ziehen mußten. Tempus verlagerte sein Gewicht, zog den Kopf des bronzefarbenen Tieres gegen seine Brust, bis seine Lenkung, das Gewicht der Hufe und der Kuß der Wellen gemeinsam dem Pferd klar machten, was er wollte. Tempus spürte an seiner Gangart, daß der Hengst verstand. Er brauchte das Ergebnis nicht zu sehen: Wie ein Tänzer hob der Fuchs jedes Bein so hoch es ging. Dann schnaubte er erstaunt, als spüre er die Kraft, die er durch diese Gangart gewinnen konnte. Er lernte. Vielleicht würde der Hengst trotz seiner vier weißen Strümpfe geeignet sein. Mit einem Kniedruck und einer leichten Berührung trieb Tempus ihn zum Trab an, der kaum schneller als der Trott eines anderen Pferdes war. »Gut, gut«, lobte er den Fuchs, und das Wasser klatschte Beifall.

Wolken rissen auf, und Sonnenstrahlen tanzten auf dem mit Treibgut übersäten Strand, dem bronzefarbenen Hengst und seinem Reiter, der nichts außer einem eisernen Lendenschurz trug, und zauberten einen Regenbogen um sie. Tempus blickte auf und landeinwärts, wo in einem von Prinz Kadakithis' Wagen ein Eunuch in die rosigen Hände klatschte. Der Regenbogen verschwand, die Wolken verdeckten erneut die Sonne, und von Schatten umhüllt, trottete der geheimnisvolle Höllenhund (von dem der Eunuch aus eigener Erfahrung wußte, daß er fähig war, seine Gliedmaßen, wenn sie abgetrennt wurden, nachwachsen zu lassen, und er deshalb unsterblich sein mußte. Und der zweifellos tödlicher war als alle Söldner zusammen, die sich in Freistatt sammelten wie Fliegen auf dem Kadaver eines Pferdes) den Strand entlang zu dem Eunuchen in dem Wagen, der auf festem Boden stand.

»Was machst du hier, Weichling? Wo ist dein

Gebieter Kadakithis?« Tempus hielt sein Pferd in sicherer Entfernung von den zwei reizbaren Rappen im Geschirr an. Der Eunuch hatte fast ihre Farbe: ein Winder! Schon sehr jung beschnitten, war seine Stimme ein süßer Alt:

»Lord Marschall, unerschrockenster aller Höllenhunde, ich bringe Euch Seiner Hoheit Grüße und wahres Wort, wenn Ihr die Gnade habt, es anzuhören.«

Der kaum siebzehnjährige Eunuch blickte ihn sehnsüchtig an. Kadakithis hatte dieses feine Spielzeug als Geschenk Jubals, des Sklavenhändlers, angenommen, obwohl dessen Brandzeichen das hohe Gesäß des Eunuchen kaum zierte und trotz der verborgeneren Gefahren, auf die die Identität seines früheren Besitzers hindeutete. Tempus hatte seine eigenen Pläne mit ihm, die ihm eingefallen waren, als er diese süße Stimme im Palast vernahm, denn es war nicht das erste Mal, daß er sie hörte. So töricht, eingebildet, oder lediglich über seine Fähigkeit als Bettwärmer beansprucht, diese Kreatur Jubals hatte er schon lange gewollt. Jubal und Tempus befanden sich in einem privaten Krieg miteinander, um so heftiger, da er nicht offen erklärt war, seit Tempus nach Freistatt gekommen war und gesehen hatte, wie die von sich überzeugten maskierten Totschläger in Jubals Dienst das Westviertel der Stadt unsicher machten. Tempus hatte diese maskierten Meuchler zu seinem Privatwild erklärt, das Westend von Freistatt zu seinem Jagdrevier – und so hatte der Krieg seinen Lauf genommen. Aber Taktiken ändern sich, und Jubals waren für Tempus zu heimtückisch geworden, vor allem jetzt, da das Gerücht über den Aufstand im Norden immer glaubhafter wurde. Er sagte zu den erwartungsvoll geöffneten Lippen, die seiner Erlaubnis zu sprechen harrten, und den Rehaugen, die bewundernd an jeder seiner Bewegungen hingen, daß der Eunuch aus dem Wagen steigen, einen Fußfall vor ihm machen und seine Botschaft übermitteln dürfe.

All das tat der Eunuch zitternd vor Entzücken wie ein Hund über die geringste Aufmerksamkeit seines Herrn, und mit der Stirn im Sand begann er: »Mein Lord, Seine Hoheit der Prinz befahl mir, Euch auszurichten, daß er von gewissen Personen aufgehalten wurde und sich deshalb verspäten, aber auf jeden Fall kommen wird. Solltet Ihr mich fragen warum, hätte ich keine Wahl, als zuzugeben, daß die drei mächtigsten Zauberer, deren Namen nicht ausgesprochen werden können, in Wolken schwärzesten Rauches und übelsten Gestankes auf den Sommerpalast herabkamen, die Springbrunnen rot sprühten, die Statuen weinten und schrien, die Frösche in meines Gebieters Bad sprangen, und all das, weil die Zauberer befürchten, Ihr würdet die Hexermörderin namens Cime befreien, ehe sie vor Gericht gestellt wird. Obgleich mein Gebieter ihnen versicherte, daß Ihr nicht mit ihm über diese Frau gesprochen habt, waren sie nicht befriedigt. Und als ich aufbrach, schüttelten sie die Wände, beschworen Schatten und bewiesen auch auf andere Weise ihre Zauberkräfte, um ihre Besorgnis zu zeigen.«

Der Eunuch verstummte und wartete auf die Erlaubnis, aufstehen zu dürfen. Einen Augenblick herrschte völlige Stille, dann war zu hören, wie Tempus sich aus dem Sattel schwang und schließlich sagte: »Zeig dein Brandzeichen, mein Hübscher.« Mit leichter Drehung hob der Eunuch gehorsam sein Gesäß.

Tempus brauchte länger, als er angenommen hatte, dem Winder ein Geständnis zu entringen, diesem Ilsiger, der der letzte seines Geschlechts war. Er gab keinen Laut der Lust oder des Verrats oder der Qual von sich, sondern nahm sein Los – wie gute Winder es immer taten – sich stumm windend hin.

Als Tempus mit ihm fertig war, weinte der Eunuch vor Erleichterung, obgleich das Blut seine Beine hinabrann und er seine Eingeweide wie nasses Pergament unter den Fingernägeln spürte. Er versprach, Tempus' Ermahnung umgehend an Kadakithis weiterzugeben, küßte die Hand des Höllenhundes und drückte sie gegen seine eigene, bartlose Wange, ohne zu ahnen, daß er selbst die Botschaft war und noch vor Sonnenuntergang tot sein würde.

## 2

Während er sich niederkniete, um die Arme in der Brandung zu waschen, wurde ihm bewußt, daß er ein Totenlied in der uralten Mundart sang, die alle Söldner nach einiger Zeit beherrschten. Aber seine Stimme knirschte, und seine Erinnerungen waren ein trügerisches Dickicht voller Dornen. So hielt er sofort inne, als ihm klar wurde, was er da sang. Der Eunuch würde sterben, weil er sich an seine Stimme aus dem blutigen Forschungsraum des verabscheuungswürdigen Kurd erinnerte, dieses gebrechlichen, verruchten Vivisezierers, während dieser seine Versuche an ihm bei lebendigem Leibe durchgeführt hatte. Und an mehr erinnerte er sich: an das Zischen des Brandeisens, den Geruch sengenden Fleisches, und die Stimmen seiner zwei Kameraden, der Höllenhunde Zalbar und Razkuli, während der Schmerz Löcher in den Dunst seiner Benebelung, hervorgerufen durch ihr Betäubungsmittel, bohrte. Und er entsann sich einer langwierigen Wiederherstellung in einem einsamen Versteck, in das er sich verkrochen hatte, damit niemand von Alpträumen geplagt würde, wenn er sähe, wie einem Menschen neue Arme und Zehen wuchsen. Während der allmählichen Heilung hatte er viel Zeit zum Nachdenken gehabt. Er suchte Gewißheit und nach einer Möglichkeit der Wiedergutmachung, die dem ihm angetanen Leid angemessen war. Doch hatte ihm noch einiges gefehlt, um sicher zu sein, daß er handeln konnte. Nun, nachdem er die Geschichte des Eunuchen gehört hatte, war er sicher. Und wenn Tempus Gewißheit hatte, schlug das Schicksal sein Hauptbuch auf.

Doch was sollte er hineinschreiben? Sein Instinkt sagte ihm, daß er sich den schwarzen Jubal vornehmen sollte, weniger die zwei Höllenhunde; daß Razkuli ein Nichts war, und Zalbar, wie ein eingefangenes Wildpferd lediglich eingeritten werden mußte. Er konnte nicht glauben, daß es diese beiden allein gewesen sein sollten, die ihm ein Betäubungsmittel in den Krrf gegeben und ihn fortgezerrt hatten, damit er gebrandmarkt und seine Zunge herausgeschnitten würde, und um ihn an den mitleidlosen Kurd zu verkaufen, damit er unter unsäglichen Qualen unter dessen Messern verstümmelt würde. Und doch hatte der Eunuch gesagt – und in seiner Lage log niemand! –, daß Jubal, obgleich er zu Zalbar gegangen war, um ihm mit Tempus zu helfen, nichts von dem Los gewußt hatte, das seine Kameraden für ihn vorgesehen hatten. Doch wie auch immer, Jubals andere Untaten genügten. Tempus würde ihn der Spionage überführen, und die Strafe dafür war endgültig. Danach mußte er persönlichen Groll begraben – zusammen mit dem Toten.

Aber wenn nicht Jubal, wer hatte sich dann Tempus' Weg in die Hölle ausgedacht? Irgendwie trug das Ganze die Handschrift des Gottes. Seit er sich von Vashanka abgewandt hatte, war es vom Schlimmen zum Schlimmsten gekommen. Und selbst wenn Vashanka sich nicht von ihm abgewandt hatte, während Tempus hilflos auf Kurds Tisch lag, hatte der Gott zumindest nichts unternommen, um ihm zu helfen. (Allerdings war ihm alles, was Kurd von ihm ab- oder herausgeschnipselt hatte, verhältnismäßig schnell – für menschliche Verhältnisse – neu gewachsen, und die Wunden waren verheilt.) Nein, Vashanka, sein Lehrmeister, hatte sich keineswegs beeilt, ihm zu helfen. Die Geschwindigkeit seiner Heilung stand immer im Verhältnis zu des Gottes momentaner Beziehung zu ihm. Vashankas folgenschwere Ungnade hatte schrecklichen Zorn in Tempus geweckt. Verwünschungen und gemeinste Beleidigungen hallten lautlos hinab von dem Gott zu dem Menschen, und ebenso stumm hoch von ihm, der keine Zunge mehr hatte, um zu schreien. Hanse, der Dieb, der junge Nachtschatten, eine Zufallsbekanntschaft, hatte ihn gerettet, ihn vor endlosen weiteren Martern bewahrt. Nun schuldete er Nachtschatten mehr, als ihm lieb war, und Hanse wußte mehr über Tempus, als selbst dieser ehemalige Abwinder wissen konnte, so daß der Dieb nun betroffen und argwöhnisch den Blick abwandte, wann immer Tempus ihm zufällig im Labyrinth begegnete.

Doch selbst da hatte Tempus noch nicht ganz mit Vashanka gebrochen. In der Hoffnung, den Gott zu versöhnen, hatte er als Vashanka an dem Ritual des Zehntodes und der Begattung Azyunas teilgenommen – doch vergebens. Kurz nachdem er erfuhr, daß seine Schwester Cime wegen heimtückischer Ermordung von Zauberern in ihren Betten verhaftet worden war, hatte er Vashankas Amulett, das er seit undenklicher Zeit getragen hatte, genau von hier aus ins Meer geworfen – es gab keine andere Wahl! Nur soviel konnte man sich von Menschen gefallen lassen, und soviel von Göttern. Wäre Zalbar intelligenter gewesen, hätte ihm Tempus' Reaktion, obwohl er sie zu unterdrücken versuchte, auffallen und er darüber jubeln müssen – als er ihm meldete, daß die gefürchtete Hexermörderin gefaßt und eingesperrt war, und ihre Brillantnadeln ebenfalls sichergestellt waren.

Unwillkürlich knurrte er, als er an sie dachte, an ihr graudurchzogenes schwarzes Haar, und daran, daß sie nun in Freistatts Sammelverlies schmachtete, wo jeder verseuchte Schänder ihr Gewalt antun konnte, während er sie nicht berühren, ja ihr überhaupt nicht helfen durfte, wollte er nicht Kräfte wecken, die er nicht lenken konnte. Ihre Anwesenheit in Freistatt hatte zu seinem Bruch mit dem Gott geführt; genau wie es zu seinem endlosen Wanderleben als Vashankas Diener und Günstling durch eine Auseinandersetzung mit einem Zauberer um ihretwegen gekommen war. Begäbe er sich ins Verlies, um sie zu befreien, wäre der Gott besänftigt. Aber er hegte nicht den Wunsch, seine Beziehung zu Vashanka, der sich von seinem Diener abgewandt hatte, neu aufleben zu lassen. Wenn Tempus sie von sich aus befreite, würde er die gesamte Zaubererzunft am Hals haben. Er wollte sich jedoch nicht mit den Hexern anlegen. Er hatte Cime davor gewarnt, hier ihrem selbstgewählten Beruf nachzugehen, wo er für Gesetz und Ordnung sorgen mußte!

Bis Kadakithis in demselben Wagen ankam, der noch klebrig war von Winderblut, war Tempus finsterster Laune, finsterer als die eigentümlich runde Wolke, die erstaunlich schnell aus dem Nordosten herbeitrieb.

Kadakithis' edelgeschnittenes Rankanergesicht war zornig gerötet, so daß seine Haut dunkler wirkte als sein blondes Haar.

»*Warum?* Bei allen Göttern, was hatte die arme Kreatur dir getan? Du schuldest mir einen Eunuchen und eine Erklärung!« Er tupfte mit seinen lackierten Fingernägeln auf den Bronzerand des Wagens.

»Ich habe mir bereits Gedanken über einen weit zufriedenstellenderen Ersatz gemacht, mein Lord.« Tempus lächelte. »Und weshalb? Nun, alle Eunuchen sind doppelzüngig. Dieser war ein Spitzel Jubals. Ich dachte, Ihr wolltet nicht, daß der Sklavenhändler so gut wie hinter den Elfenbeinschirmen steht und all Eure Gespräche mitanhört, deshalb habe ich laut meiner Befugnisse als Palastsicherheitsoffizier gehandelt. Und da Ihr mir dieses Amt übertragen habt, sorge ich auch dafür, daß Euer Palast sicher sein wird!«

»Hundesohn! Wie kannst du es wagen, auch nur durchblicken zu lassen, daß ich mich bei dir entschuldigen soll? Wann wirst du mich endlich mit der geziemenden Achtung behandeln? Du behauptest, alle Eunuchen seien doppelzüngig, und im gleichen Atemzug kündigst du mir einen neuen an!«

»Ihr habt meine Hochachtung, Prinz. Ehrfurcht

überlasse ich Besseren als mir. Wenn Ihr jene Würde erreicht habt, werden wir beide es wissen: Ihr werdet nicht zu bitten haben. Bis dahin müßt Ihr mir entweder vertrauen oder mich entlassen.« Er wartete, ob der Prinz etwas entgegnen würde. Als er es nicht tat, fuhr Tempus fort: »Was den Eunuchen betrifft, den ich als Ersatz vorgesehen habe, möchte ich, daß Ihr für seine Ausbildung sorgt, Euch gefällt Jubals Arbeit, also schickt ihn zu ihm mit der Erklärung, daß der, den er Euch verehrt hat, einem Unfall zum Opfer fiel, und Ihr gern hättet, daß er den Neuen genauso ausbilde. Sagt ihm, Ihr hättet viel Geld für ihn bezahlt und setztet große Hoffnung in ihn.«

»Du hast einen solchen Eunuchen?«

»Ich werde einen haben!«

»Und du erwartest von mir, daß ich einen deiner Spitzel zu Jubal schicke – um dir zu helfen –, ohne deinen Plan zu kennen, ja nicht einmal die Einzelheiten des Winder Geständnisses?«

»Wüßtet Ihr es, mein Lord, müßtet Ihr es billigen oder mißbilligen. Wißt Ihr es nicht, seid Ihr nicht gebunden.«

Die beiden Männer blickten einander an und unterdrückten die Feindseligkeit, die sich wie Vashankas Blitz zwischen ihnen entladen wollte, in einer längeren Schweigepause.

Kadakithis warf den Purpurumhang über die Schulter zurück. Er blinzelte an Tempus vorbei zum Himmel. »Was ist denn das für eine seltsame Wolke?«

Tempus drehte sich im Sattel, dann wandte er sich wieder dem Prinzen zu. »Das dürfte unser Freund aus Ranke sein.«

Der Prinz nickte. »Ehe er ankommt, sollten wir uns

noch über diese Gefangene namens Cime unterhalten.«

Tempus' Hengst schnaubte, warf den Kopf zurück und tänzelte. »Dazu besteht kein Grund.«

»Aber ...? Weshalb bist du nicht zu mir gekommen? Anfangs hätte ich noch etwas tun können. Jetzt kann ich nicht ...«

»Ich habe Euch ihretwegen um nichts gebeten und bitte Euch auch jetzt nicht.« Tempus' Stimme klang wie ein Messer am Wetzstein, so daß Kadakithis sich hoch aufrichtete. »Es ist nicht meine Sache, etwas zu unternehmen.«

»Aber sie ist deine Schwester! Du willst nicht einschreiten?«

»Glaubt, was Ihr wollt, Prinz. Ich werde mit niemandem, auch keinem Prinzen, Gerüchte durchkauen!«

Da verlor der jugendliche Statthalter, der schon in Ranke für seinen Geschmack zu oft abfällig Prinz genannt worden war, die Beherrschung und sagte dem Höllenhund heftig die Meinung.

Tempus blieb ruhig auf dem Pferd sitzen, das der Prinz ihm gegeben hatte. Immer noch trug er nur den eisernen Lendenschurz, obgleich der Tag sich seinem Ende entgegenneigte, und blickte mit Augen voll schwärender Schatten in die des Prinzen, bis dieser seine Tirade abbrach und sagte: »Das Problem ist, daß alles, was man sich über dich erzählt, wahr sein könnte. Wie soll man da wissen, *was* man glauben kann?«

»Glaubt, was Euch Euer Herz sagt«, riet die mahlende Stimme. Die dunkle Wolke schwebte jetzt bereits über dem Strand.

Es sah aus, als ließe sie sich im Sand nieder. Die

Pferde scheuten mit ausgestrecktem Hals und schnaubenden Nüstern. Tempus hatte seinen Fuchs neben den Wagen gelenkt und beugte sich hinab, um nach dem Zaum des vorderen Zugpferds zu greifen, als ein ohrenbetäubendes Schmettern wie von einer Trompete aus dem helleren Mittelpunkt der Wolke erschallte.

Da hob der Höllenhund den Kopf. Kadakithis sah, wie er erschauerte, die Brauen hob, und wie die tiefliegenden Augen kurz blitzten. Dann sprach Tempus zu den Zugpferden, die ihm ihre Ohren zuwandten und auf seinen Rat hörten. Schließlich lenkte er seinen Hengst zwischen Kadakithis' Wagen und das, was aus der aschgrauen Wolke kam, die in dem Gegenwind so lange gebraucht hatte, sich niederzulassen.

Der Reiter, der in der Wolke zu sehen war, winkte: Ein scharlachroter Handschuh zuckte, ein weinroter Umhang wallte. Hinter seinem aufgeputzten Pferd hielt er ein zweites, und dieser feurige Apfelschimmel war es, der die anderen Hengste am Strand herausforderte. Tiefer in der Wolke war ein Mauerwerk zu sehen von einer Arbeit, wie man sie in Freistatt nicht kannte, dazu ein blauerer Himmel und fruchtbarere Hügel, als Kadakithis sie je gesehen hatte.

Das erste Pferd kam mit lose hängenden Zügeln heraus. Kopf und Hals warfen Schatten auf den festen Sand. Dann wirbelten seine Hufe die Sandkörner auf, und schließlich stand das ganze Tier mit seinem Reiter, der das zweite Pferd an einem langen Zügel hielt, reglos vor dem Höllenhund, während die Wolke sich wirbelnd zusammenzog und mit einem hörbaren *Puff* verschwand.

»Sei gegrüßt, Geheimnisvoller«, sagte der Reiter in

Wein- und Scharlachrot, als er den Helm mit dem blutroten Kamm abnahm.

»Dich erwartete ich nicht, Abarsis. Was war so dringend, daß es dich hierhergebracht hat?«

»Ich hörte vom Tod des Trôspferdes und dachte, du würdest dich über ein neues freuen, das dir hoffentlich länger und unter günstigeren Umständen beschieden sein wird. Da ich ohnehin den Auftrag hatte hierherzukommen, schlugen unsere Freunde vor, mitzunehmen, was du benötigst. Ich wollte dich schon lange kennenlernen.« Er lenkte sein Pferd näher heran und streckte die Hand aus.

Fuchs und Apfelschimmel schoben die Köpfe vor, bleckten die Zähne und stießen Laute hervor, die zu den angelegten Ohren und den rollenden Augen paßten. Über die Feindseligkeit der Pferde waren Wortfetzen, Fragen, Antworten und Gegenfragen zu hören. »... enttäuscht, daß du den Tempel nicht bauen konntest.« – »... mich gern hier ablösen und es selbst versuchen. Das Tempelgrundstück ist entweiht, ja besudelt. Die zuständigen Priester sind korrupter, als selbst die Politik es erlaubt. Ich wasche meine Hände in ...« – »... Krieg bevorsteht, wie kannst du ...« – »... Götterkampf interessiert mich nicht mehr.« »Das meinst du doch nicht wirklich!« – »... über den Aufstand, oder?« – »... sein Name ist unaussprechbar, genau wie der seines Reiches, aber ich glaube, wir werden beide so gut lernen, daß wir sie im Schlaf murmeln ...« – »Ich schlafe nicht. Es müssen die richtigen Offiziere sein und Männer, die noch so jung sind, daß sie das letzte Mal im Oberland noch nicht dabei waren.« »Ich erwarte hier einige vom Heiligen Trupp, meiner alten Garde. Kannst du uns ausrüsten?« – »Hier? Gut genug, daß ihr bis zur

Hauptstadt gelangt und es besser machen könnt. Laß mich der erste sein …«

Kadakithis, den die beiden offenbar völlig vergessen hatten, räusperte sich.

Die Männer starrten den Prinzen so ungehalten an, als wäre er ein Kind, das es gewagt hatte, Erwachsene zu unterbrechen. Schließlich verbeugte sich Tempus mit ausgestrecktem Arm tief im Sattel. Der Reiter in Rot mit brüniertem Harnisch klemmte den Helm unter den Arm und ging auf den Wagen zu. Als er an Tempus vorbeikam, drückte er ihm die Zügel des zweiten Pferdes in die Hand.

»Abarsis, gegenwärtig von Ranke«, dunkel und vornehm klang die Stimme des Gerüsteten, dessen glänzendes schwarzes Haar bis in den Nacken – kräftig wie der eines jungen Stieres – reichte. Er war von altem Geschlecht, das am Hof zu Hause gewesen war. Mit dem fein geschnittenen Gesicht hätte er Modell für Basreliefs stehen können, und seine geradezu beunruhigend weisen Augen waren von einem Blaugrau wie die des Streitrosses, das Tempus mit Mühe hielt. Ohne auf das feindselige Wiehern der Hengste zu achten, fuhr der Mann fort: »Lord Prinz, möge es Euch wohlergehen und Ihr immerwährendes Glück bei allem haben, was Ihr anfaßt. Ich bin hier, um unsere Verbindung zu bestätigen.« Er streckte einen prallen Beutel aus.

Unwillkürlich zuckte Tempus zusammen. Er wikkelte sich den Zügel des Schimmels um die Hand und zog den Kopf des Tieres vorsichtig näher, bis er ihm die Faust hart zwischen die Ohren schlagen konnte, damit es endlich Ruhe gebe.

»Was soll das? Das ist ja genug Geld, um eine ganze Armee aufzustellen!« rief Kadakithis stirnrunzelnd und warf den Beutel von einer Hand in die andere.

Ein vollendet höfliches Lächeln zog über das so gutaussehende nordische Gesicht des rankanischen Gesandten. »Hast du es ihm denn noch nicht gesagt, o Geheimnisvoller?«

»Nein, ich wollte es, hatte jedoch noch keine Gelegenheit. Außerdem bin ich mir nicht sicher, ob wir tatsächlich eine Armee aufstellen werden, oder ob ich das Geld als Trennungsentschädigung nehmen soll.« Er schwang ein Bein über den Nacken des Fuchses, rutschte an ihm hinunter, ließ seinen Zügel fallen und schritt mit seinem neuen Trôspferd den Strand entlang.

Der Rankaner hängte seinen Helm sorgfältig an eine Silberrosette seines Sattels. »Ihr und er kommt wohl nicht sehr gut miteinander aus? Prinz Kadakithis, Ihr müßt bei ihm die Zügel locker lassen. Behandelt ihn, wie er seine Pferde. Er braucht eine sanfte Hand.«

»Eine tüchtige Rüge braucht er! Er ist in letzter Zeit unausstehlich geworden. Und was soll dieses Geld? Hat er Euch erzählt, ich sei käuflich? Nun, das bin ich nicht!«

»Er hat seinem Gott den Rücken zugekehrt, und der Gott läßt ihn frei laufen. Wenn er erschöpft ist, wird der Gott ihn wieder aufnehmen. Ich würde wetten, Ihr habt ihn früher recht angenehm gefunden. Er wurde von Euren eigenen Leuten hintergangen, von Männern, mit denen er durch den Treueeid verbunden war. Was erwartet Ihr? Er wird nicht ruhen, bis die Sache geklärt ist.«

»Was soll das heißen? Meine Leute? Sprecht Ihr von seiner langen, ungeklärten Abwesenheit? Ich gestehe, daß er sich verändert hat. Aber woher wißt Ihr, was er mir nicht erzählt?«

Ein Lächeln, strahlend wie der Sonnenaufgang, zog über das vornehme Gesicht des Gerüsteten. »Der Gott teilt mir mit, was ich wissen muß. Was würdet Ihr von ihm halten, wenn er mit Geschichten über Streit zwischen Euren eigenen Leuten zu Euch gerannt käme wie ein Kind zu seinem Vater? Das verbietet ihm seine Ehre. Was die – ah, Mittel betrifft in dem Beutel, nun, als wir ihn hierherschickten, erhielt er den Auftrag, es uns wissen zu lassen, wenn er das Gefühl hätte, daß Ihr einen guten König abgeben würdet. Man sagte mir, Ihr wüßtet das.«

»Im Prinzip, ja. Aber so ein großes Geschenk kann ich nicht annehmen.«

»Nehmt es als Darlehen, wie andere vor Euch eines aufnehmen mußten. Jetzt ist keine Zeit zum Hofieren. Geeignet zu sein, ein König zu *werden*, garantiert noch keinen Thron. Ein König muß mehr als ein Mann, er muß ein Held sein. Viele Männer sind nötig und besondere Zeiten, um einen Helden zu machen. Mit dem Aufstand im Oberland und der Erhebung eines neuen Reiches jenseits der nördlichen Bergkette, mag sich die Gelegenheit bald ergeben. Würdet Ihr Euch im Kampf auszeichnen oder eine Armee ausschicken, die es tut, könnten wir, die wir eine Veränderung wünschen, uns öffentlich zu Euch stellen. Mit dem, was Ihr besitzt, könnt Ihr Euch jedoch nicht auszeichnen, dafür hat der Kaiser gesorgt.«

»Und wie soll ich dieses Darlehen zurückzahlen?«

»Wenn Eure Hoheit bereit sind, mir zuzuhören, kann ich alles zu Eurer Hoheit Zufriedenheit erklären.«

»Fangt an!«

»Zuerst noch etwas anderes, das ebenfalls wichtig ist. Ihr ahnt gewiß, wer dieser Mann ist, den Ihr Tempus nennt, sicher habt Ihr es von Euren Zauberern und seinen Feinden unter den Angehörigen der Zaubererzunft gehört. Laßt mich hinzufügen: Wo er ist, verteilt der Gott großzügig seinen Segen. Nach den kosmologischen Regeln des Staatskultes und Herrschertums unterstützt Er dieses Unternehmen durch seine Anwesenheit. Obgleich er und der Gott ihre Schwierigkeiten miteinander haben, habt Ihr ohne ihn keine Chance, Euer Ziel zu erreichen. Das fand mein Vater heraus. Obwohl krank durch einen Fluch, ist er zu wertvoll, um ungewürdigt zu bleiben. Wenn Ihr lieber für immer ein kleiner Prinz bleiben und untätig zusehen wollt, wie das Reich seinem Untergang entgegengeht, braucht Ihr es nur zu sagen, und ich berichte es zu Hause. Wir werden dann diese Thronbesteigung und die Aufstellung einer kleinen Armee vergessen, und ich werde Tempus von seinen Pflichten entbinden. Das wäre ihm ohnehin lieber, das darf ich Euch versichern.«

»Euer *Vater?* Wer in des Gottes Auge seid Ihr?«

»Ah, meine Überheblichkeit ist unverzeihlich! Ich hatte mir eingebildet, Ihr kennt mich. Wir sind so mit uns selbst beschäftigt in diesen Tagen, da ist es kein Wunder, daß es so weit kam. Ich bin Mensch des Gottes in Oberranke, Freund der Söldner, der Held, Sohn des Verteidigers und vieles mehr.«

»Der Hohepriester Vashankas!«

»Im Oberland.«

»Meine Familie und Eure fügten einander viele Verluste zu«, sagte Kadakithis, ohne Entschuldigung, ohne Bedauern. Und doch sah er den anderen jetzt mit anderen Augen, bedachte, daß sie gleichaltrig waren und beide hölzerne Schwerter an schattigen Höfen geführt hatten, während der Kampf weit entfernt an den Fronten tobte.

»Fast bis zur Ausrottung«, bestätigte der dunkelhaarige junge Mann. »Doch wir waren daran nicht beteiligt, und nun gibt es einen anderen Feind, eine gemeinsame Bedrohung. Das genügt.«

»Ihr und Tempus seid Euch nie zuvor begegnet?«

»Er kannte meinen Vater. Als ich zehn war und mein Vater starb und unsere Armeen aufgelöst wurden, fand er ein Zuhause für mich. Später, als ich zu dem Gott und der Söldnergilde kam, wollte ich ihn gern einmal treffen, aber er war dagegen.« Er zuckte die Schultern, wandte sich um und blickte auf den Mann, der mit dem blaugrauen Pferd durch die blaugrauen Schatten schritt, die sich auf das blauschwarze Meer senkten. »Jeder hat seinen Helden, wißt Ihr? Ein Gott genügt einem richtigen Mann nicht – er sehnt sich nach einem Ideal aus Fleisch und Blut. Als er um ein Pferd zu mir schickte und der Gott es genehmigte, war ich hocherfreut. Jetzt kann ich möglicherweise mehr tun. Vielleicht mußte das Pferd nicht umsonst sein Leben lassen.«

»Ich verstehe Euch nicht, Priester.«

»Mein Lord, macht mich nicht zu heilig. Ich bin Vashankas Priester: Ich kenne viele Requiems und Schwüre und dreiunddreißig Arten des Bestattungsfeuers für einen Krieger. In der Söldnerzunft nennt man mich Stiefsohn. Ich würde mich freuen, wenn Ihr mich ebenfalls so nennen würdet. Und gestattet, daß ich mich etwas ausführlicher mit Euch über eine Zukunft unterhalte, in der Euer Geschick und die Wünsche des Sturmgottes sich als ein und dasselbe herausstellen könnte.«

»Ich bin nicht sicher, ob ich in meinem Herzen Platz für einen solchen Gott finden kann. Es fällt mir so schon schwer genug, Frömmigkeit vorzutäuschen«, knirschte Kadakithis zwischen den Zähnen und blickte Tempus mit zusammengekniffenen Augen nach.

»Oh, Ihr werdet es, Ihr werdet es«, versicherte ihm der Priester. Er saß von seinem Pferd ab und ging auf Tempus' Fuchs zu. Er bückte sich und strich über die weißen Beine des Tieres. »Seht, Prinz«, rief er und verrenkte sich schier den Hals, um Kadakithis' Gesicht zu sehen, während er an der Goldkette zupfte, die sich um den Huf des Fuchses verwickelt hatte. Sandig, aber trotzdem goldglänzend hing ein Amulett an ihr. »Der Gott will ihn zurück!«

## 3

Staubig vom Landweg oder mit blauen Lippen von stürmischer Seefahrt, brachten die Söldner die Hölle in die bisherige Trostlosigkeit. Selbst für Taschendiebe und Kuppler war das Labyrinth nicht mehr sicher; und Wucherer sowie Zauberer verschwanden hastig von den Straßen, wo sie bisher furchtlos herumstolziert waren, in den nächsten Torweg.

Nur die Dirnen genossen den neuen Zustand. O-beinig und mit verträumtem Blick trugen sie schon in aller Frühe ihren neuen Putz zur Schau, während die meisten Söldner noch schliefen. Die Schenken wagten nicht mehr, überhaupt eine Ruhezeit einzulegen, aus Angst, ein Söldner könnte eine geschlossene Tür als Beleidigung betrachten. Schon früh am Tag kam es in den Gaststuben zu Schlägereien, und in den Gossen lagen Tote. Die Garnisonssoldaten und Höllenhunde waren nicht allgegenwärtig, und wo immer sie nicht waren – wie im Labyrinth an diesem Morgen –, nahmen die Söldner sich alles mögliche heraus.

Obgleich das Gold in Freistatt noch nie so geflossen war wie jetzt, hatte doch jede Gilde, jede Zunft und jede Bürgergruppe bei Sonnenaufgang einen Vertreter, der Beschwerde einlegen sollte, in den Palast geschickt.

Lastel, alias Eindaumen, verstand nicht, weshalb die Freistätter so entsetzt waren. Er war glücklich, denn er lebte und stand wieder hinter dem Schanktisch des Wilden Einhorns, wo er viel Geld einnahm, und Geld machte Lastel immer glücklich. Früher hatte Lastel das Leben gar nicht wirklich zu schätzen gewußt, bis er Äonen lang, wie ihm schien, immer und immer wieder sein zweites Ich töten mußte und von ihm getötet wurde, und zwar auf Grund eines Schutzzaubers, den er sich vom Hexer Mizraith erkauft hatte, und den dessen Söhne nach des Zauberers Tod umgewandelt hatten.* Glücklicherweise war er von jemandem aufgehoben worden. Nun rechnete er jede Nacht damit, daß sein geheimnisvoller Wohltäter sich auf den Schanktisch lehnen und sagen würde: »Lastel, ich habe Euch gerettet – ja, ich! Nun beweist Eure Dankbarkeit.« Auch wenn er sich bisher damit Zeit gelassen hatte, würde er doch irgendwann auftauchen. Aber das schmälerte Eindaumens Glücksgefühl nicht. Er hatte eine neue Ladung

* In: DER PREIS FÜR ZWEIFELHAFTE GESCHÄFTE, in: *Der blaue Stern*, Bastei-Lübbe 20091.

Caronne-Krrf hereinbekommen (schwarz, absolut rein, ausgezeichnet und genug, um alle Söldner in Freistatt damit aufzuputschen), aber er war so gut, daß er ihn nicht auf den Markt brachte. Nachdem er es sich lang und breit überlegt hatte, beschloß er, ihn ganz für sich zu behalten. Und so war er wirklich sehr glücklich, egal zu wie vielen Schlägereien es in der Schenke kam, oder wie hoch die Sonne bereits stand, ehe er zu Bett kam ...

Selbst Tempus war an diesem Morgen glücklich mit dem edlen Trôspferd zwischen den Schenkeln und Anzeichen des Krieges ringsum. Er sah genügend schwerbewaffnete Fußsoldaten und Schützen mit Armbrüsten (deren Sehnen aus Frauenhaar geflochten waren) und ihren Bolzen, um sicher zu sein, daß er nicht träumte – so lebendig konnten Tagträume nicht sein! Für diese Männer war der Krieg Wirklichkeit, und einen jeden könnte er anwerben! Er tastete nach dem prallen Beutel voller Handgeld an seinem Gürtel, und pfiff tonlos, während das Trôspferd sich dem Wilden Einhorn näherte.

Eindaumen würde nicht mehr lange glücklich sein!

Tempus saß ab, ließ die Zügel fallen, befahl dem Hengst: »Rühr dich nicht von der Stelle«, und überließ ihn sich selbst. Jeder, der sich einbildete, das Tier wäre leichte Beute, würde sein Wunder erleben bei dieser Rasse, die bloß in Syr vom Urgeschlecht der Trôs gezüchtet wurde.

Nur wenige Einheimische waren im Einhorn, und die meisten schliefen schnarchend mit dem Kopf auf dem Tisch, bereit, in die Gosse hinausbefördert zu werden, wohin sie gehörten.

Eindaumen stand hinter dem Schanktisch, die breiten Schultern ein wenig gebeugt, während er Krüge wusch und alles durch den großen Bronzespiegel beobachtete, den er über seinen Vorräten hatte anbringen lassen.

Tempus stampfte mit den Absätzen auf den Boden und ließ die Rüstung knarren. Er hatte zu diesem Anlaß seine Kleidung einer Truhe entnommen, von der er schon geglaubt hatte, daß er sie nie wieder öffnen würde. Lastel mit der Ringerstatur wirbelte herum und starrte unerschrocken auf die nahezu gottgleiche Erscheinung im Leopardenumhang, einem mit Eberhauern besetzten Helm, antikem, emailliertem Harnisch und mit einem Bogen aus Steinbockhorn und goldenen Griffen bewaffnet.

»*Was*, bei Azyunas Hintern, seid Ihr?« fragte Eindaumen scharf, während seine aus dem Schlaf gerissenen Gäste sich beeilten zu verschwinden.

»Ich«, antwortete Tempus und nahm, am Schanktisch angekommen, seinen Helm ab, so daß sein honigfarbenes Haar hervorquoll, »bin Tempus. Wir sind uns bisher noch nicht begegnet.« Er streckte ihm die Hand mit dem goldenen Schutzband um das Gelenk entgegen.

»Der Marschall.« Eindaumen nickte bedächtig mit gerunzelter Stirn. »Es ist schön zu wissen, daß Ihr auf unserer Seite steht. Aber Ihr könnt nicht einfach hierherkommen ... Meine ...«

»Ich *bin* hier, *Lastel*. Während Eurer unerklärlichen Abwesenheit war ich häufig hier und wurde zuvorkommenderweise kostenlos bedient. Doch augenblicklich bin ich nicht hier, um mit jenen zu essen oder zu trinken, die in mir einen erkennen, der so korrupt ist wie sie selbst. Es gibt einige, die wissen, wo Ihr wart, *Lastel* und warum – und *eine*, die den Fluch bannte, der Euch band. Wahrlich, wenn Ihr

Euch wirklich darum bemüht hättet, wäre es Euch nicht schwergefallen, es herauszufinden.« Zweimal hatte Tempus Eindaumen bei seinem wirklichen Namen genannt, den niemand im Palast oder im Labyrinth hätte wissen dürfen.

»Gehen wir in mein Büro, Marschall.« Es fehlte nicht viel und Eindaumen hätte mit den Zähnen geknirscht.

»Keine Zeit, Krrf-Händler. Mizraiths Söhne Stefab, Marype und Markmor, und nicht nur sie, wurden von der Frau Cime getötet, die im Verlies ihrer Verurteilung entgegensieht. Ich dachte, das solltet Ihr wissen.«

»Was wollt Ihr damit sagen? Daß ich sie herausholen soll? Tut es doch selber!«

»Niemand kann jemanden aus dem Palast holen! *Ich* bin dort für die Sicherheit zuständig. Würde ihr die Flucht gelingen, hätte ich viel zu tun, Kadakithis zu erklären, wie das möglich war. Heute abend plane ich hier ein Treffen mit fünfzig alten Freunden aus der Söldnergilde. Ich möchte nicht, daß irgend etwas es mir verdirbt. Auch verlange ich nicht, daß jemand sich auf Treu und Glauben nach mir richtet oder etwas tut, was ich selbst nicht tun würde.« Er grinste wie der Zerstörer und deutete um sich. »Ihr sorgt besser dafür, daß es an nichts mangelt. Und ein halbes Stück Krrf als Dank an mich, selbstverständlich. Wenn Ihr erst gesehen habt, wie meine Männer mir gehorchen, könnt Ihr Euch besser vorstellen, was passieren kann, wenn ich sie nicht zügle – dann mögt Ihr Euch Eure Schritte überlegen. Die meisten, an die ich mich wende, halten es für das beste, zu tun, was ich sage. Ist das auch bei Euch der Fall, können wir eine Zeit ausmachen und uns ausführlich unterhalten.«

Nichts von der Bedeutung der Worte, schon gar nicht die unmißverständliche Drohung, entging dem Mann, der es gar nicht mochte, wenn man ihn im Labyrinth »Lastel« nannte. »Ihr seid wohl nicht ganz bei Verstand! Das könnt Ihr nicht tun! Ich kann es nicht tun! Und was den Krrf betrifft, ich weiß überhaupt nichts von – einem Krrf.«

Doch der Mann war bereits verschwunden. Lastel zitterte vor Wut. Zuviel hatte er mitgemacht, und seine Nerven waren überanspurcht.

## 4

Als die Abenddämmerung Kühlung ins Labyrinth brachte, betrat Nachtschatten das Einhorn. Eindaumen war nicht zu sehen, dafür stand Zweidaumen hinter dem Schanktisch.

Hanse setzte sich an den Tisch an der Wand, gegen die er sich lehnte – der Platz, an dem der Geschichtenerzähler am liebsten saß –, und behielt die Tür im Auge. Er wartete darauf, daß die Schenke sich füllte und möglicherweise einige Karawanenmeister mit ihrer Ware prahlten. Von den Söldnern hatte ein Dieb nichts zu erwarten. Sie waren gefährliche Spielgefährten, wie Kadakithis' Palastfrauen. Er wollte sich in nichts verwickeln lassen, es genügte schon, daß er ständig abgelenkt wurde. Er bemühte sich, sich zu konzentrieren, um zu Geld zu kommen, denn was er hatte, reichte höchstens bis zum nächsten Ilstag.

Nachtschatten war dunkel wie Eisen und scharf wie ein Falke, eine gespannte Armbrust, mit kalter

Bronze geladen und ausreichend Ersatzbolzen. Er war mit Messern bewaffnet, wo immer einer seines Berufs sie trug. Seine Kleidung war so dunkel wie seine pechschwarzen Haare.

Freistatt hatte ihn hervorgebracht, er war ein echter Sohn der Stadt, und er hatte sich eingebildet, nichts hier könnte ihn überraschen. Aber als die Söldner herbeiströmten wie Kunden eines Hurenhauses, schmerzte es ihn wie das Kind einer Dirne, das erfährt, wie die Mutter den Unterhalt verdient.

Inzwischen hatte er sich ein bißchen beruhigt: Er verstand nun die neuen Regeln.

Eine war, aufzustehen und ihnen seinen Platz zu überlassen. Hanse *überließ* niemandem seinen Platz. Ihm fiel höchstens plötzlich ein, daß er anderswo etwas Dringenderes zu erledigen hatte, oder daß er schnell jemanden an einem anderen Tisch begrüßen mußte. Heute erinnerte er sich an nichts, was er scheinbar vergessen hatte, und sah niemanden, den zu begrüßen er sich erheben wollte. Er beschloß, seinen Platz zu verteidigen, als sieben Söldner mit Federbüschen, Pelzumhängen und Kettenrüstungen durch die Tür kamen und in seine Richtung blickten. Aber sie gingen allesamt zum Schanktisch. Einer allerdings, der einen schwarzen Umhang, Harnisch, Helm und Armschutz trug, deutete auf ihn wie ein Bogenschütze, der sein Ziel mit ausgestrecktem Arm anvisiert.

Der Mann unterhielt sich eine Weile mit Zweidaumen, dann nahm er den Helm mit dem Roßhaarkamm ab, der blutrot schimmerte, und kam allein auf Hanses Tisch zu. Ein Schauder erfaßte den Dieb von den Wurzeln seines schwarzen Kraushaars bis zu den Zehenspitzen.

Der Söldner erreichte ihn mit einem Dutzend geschmeidiger Schritte und zog sein Schwert. Hätte er nicht in der anderen Hand einen vollen Krug gehalten, wäre ihm längst eines von Hanses Messern entgegengeflogen, noch ehe der Mann (oder vielmehr Jüngling, nach seinem glatten, herzförmigen Gesicht zu schließen) den Mund geöffnet und sich an ihn gewandt hätte: »Ihr seid Hanse, genannt Nachtschatten? Ich bin Abarsis, genannt Stiefsohn. Ich hatte gehofft, Euch hier zu begegnen.« Mit einem Grinsen, das blitzende Zähne zum Vorschein brachte, legte er das Schwert flach in die nasse Krugrinne auf dem Tisch, und setzte sich. Er hob die Hände auf, verschränkte sie und stützte das Kinn darauf.

Hanse umklammerte den Griff seines Gürtelmessers, doch dann verflog die Panik, denn nichts Bedrohliches geschah. Hanse war wahrhaftig kein Feigling, aber noch war die Erinnerung an Vashankas Furchtstab,* mit dem er zweimal unliebsame Bekanntschaft gemacht hatte, zu lebendig in ihm, und so atmete er heftig und befürchtete, daß der Söldner es bemerken würde. Damit es nicht so auffällig war, senkte er den Kopf ein wenig. Der Söldner, dessen Ausstaffierung teuren Geschmack bewies, mochte kaum älter sein als er. Und die Klinge auf dem Tisch konnte sich gewiß bloß ein Königssohn leisten. Zögernd streckte Hanse die Hand aus, um über die silberne Parierstange zu streichen, den Elfenbeingriff und den großen Granat, der ihn schmückte. Seine dunklen Augen maßen sich mit den seelenlos blassen des Söldners, während seine Hand sich wie von selbst dem edlen Schwert immer weiter nährte.

* In SCHATTENPFAND von Andrew Offutt, in: *Zum Wilden Einhorn*, Bastei-Lübbe 20093.

»Ah, es gefällt Euch also«, sagte Stiefsohn erfreut. »Ich war mir nicht sicher. Ihr müßt wissen, daß es in meinem Land Sitte ist, jemandem, der einem Angehörigen des Hauses einen heldenhaften Dienst erwiesen hat, beim Kennenlernen ein kleines Geschenk zu machen.« Er nahm die silberne Scheide von seinem Gürtel und legte sie neben das Schwert, von dem Hanse die Hand zurückzog, als hätte er sich daran verbrannt.

»Was habe ich denn für Euch getan?«

»Habt Ihr etwa nicht den Geheimnisvollen aus großer Gefahr gerettet?«

»Wen?«

Das sonnengebräunte feingeschnittene Gesicht grinste verschwörerisch. »Ein wahrhaft tapferer Mann prahlt nicht. Ich verstehe. Oder hat es einen tieferen Grund? Das ...« Er lehnte sich vor (Hanse fand, daß er süß wie frischgemähtes Gras roch). »... ist, was ich wirklich wissen muß. Versteht Ihr mich?«

Hanse bedachte ihn mit einem Adlerblick und schüttelte den Kopf, die Hände flach auf der Tischplatte neben dem herrlichen Schwert, das der Söldner Stiefsohn ihm anbot. *Der Geheimnisvolle?* Er kannte niemanden, der so genannt wurde.

»Wollt Ihr ihn schützen? Das ist unnötig vor mir. Verratet mir, Nachtschatten, seid Ihr und Tempus etwa in Liebe verbunden?«

»Mutter ...!« Sein Lieblingsmesser sprang ihm ungebeten in die Hand. Er blickte es sichtlich verblüfft an, ließ es in die andere Hand fallen und begann sich die Nägel damit zu säubern. *Tempus! Der Geheimnisvolle!* Hanses Blick liebkoste das verlockende Schwert. »Ich half ihm ein- oder zweimal, das ist alles.«

»Das ist gut«, lobte der Jüngling ihn. »Dann brauchen wir nicht um ihn zu kämpfen. Auch könnten wir einen gewissen Handel abschließen, Dienst für Dienst, der mich glücklich und Euch, bescheiden geschätzt, zu einem sorglosen Herrn für mindestens sechs Monate machen kann.«

»Ich höre«, versicherte ihm Nachtschatten und nutzte die Gelegenheit, das Messer in seine Scheide zurückzustecken. Das Schwert schob er in seine Hülle und zog es wieder heraus. Sehr wohl bemerkte er, und es schmeichelte ihm, wie die sechs Begleiter Abarsis' ihn beobachteten.

Als er die Worte »Brillantnadeln« und »Gerichtssaal« hörte, empfand er Unbehagen. Doch da wußte er schon nicht mehr, wie er sich in den blassen blaugrauen Augen Stiefsohns weniger heldenhaft zeigen sollte. Jedenfalls nicht, wenn es um eine solche Summe ging, wie Abarsis sie ihm anbot. Allein das edle Schwert, das er ihm so gleichmütig geschenkt hatte, als wäre es eine billige Klinge, verriet, daß der feingewandete Söldner tatsächlich zu bezahlen imstande war, was er da vorgeschlagen hatte. Und wenn er bereit war, das zu geben, was er verlangte, würde er auch mehr zahlen. So beeindruckt war Hanse von der Geheimnistuerei allerdings auch wieder nicht, daß er ohne Feilschen, wie es in Freistatt üblich war, gleich zugesagt hätte. Während er Stiefsohns wehrhafte Gefährten im Auge behielt, die wie Jagdhunde edler Zucht warteten, fiel ihm ihre Geschmeidigkeit auf, ihre makellose Statur und die schmalen Hüften unter den von den Gürteln hängenden Waffen. Wahrhaftig enge Freunde Abarsis' mußten sie sein. Sehr enge!

Stiefsohn war verstummt und wartete auf Hanses

Antwort. Die verwirrend blassen Augen folgten jetzt Hanses unverhohlenem Blick zu dem kleinen Söldnertrupp.

»Nun, werdet Ihr ja sagen, Freund des Geheimnisvollen? Und so auch mein Freund werden? Diese, meine anderen Freunde, warten nur auf Euer Einverständnis, Euch als Bruder umarmen zu dürfen.«

»Ich bin mein eigener Herr«, murmelte Hanse.

Abarsis hob eine geschwungene Braue. »Na und? Sie sind Angehörige eines Heiligen Trupps, ausgezeichnete Offiziere, Helden, jedes Paar.« Er blickte Hanse abschätzend an. »Kann es sein, daß das bei euch im Süden nicht üblich ist? Nach Eurer Miene zu urteilen, muß ich das annehmen.« Seine Stimme war weich wie fließendes Wasser. »Diese Männer haben mir und ihrem selbsterwählten Gefährten geschworen, selbst über ihre Ehre hinweg, ihr Leben einzusetzen, nie zu weichen und wenn es sein muß, Schulter an Schulter kämpfend zu fallen. Es gibt keine Verläßlicheren. Hätte ich tausend wie sie, würde ich über die Erde herrschen!«

»Welcher ist Eurer?« Hanse bemühte sich, seine Stimme von jeglichem abfälligen Ton fernzuhalten, ja sie gleichmütig klingen zu lassen, und sich seine Erschütterung nur nicht anmerken zu lassen. Aber er wußte nicht, wohin er den Blick wenden sollte, so griff er schließlich nach dem kostbaren Geschenk und studierte die Schrift auf der Klinge.

»Keiner. Ich verließ sie vor langem, als mein Gefährte in den Himmel aufstieg. Nun habe ich sie neu angeworben, da ein Notfall eingetreten ist. Nur eine geistige Liebe ist erforderlich, Hanse. Und nur in einem Heiligen Trupp wird das von einem Söldner verlangt.«

»Trotzdem ist es nicht meine Art.«

»Ihr klingt enttäuscht.«

»Ich bin es auch – über Euer Angebot. Wenn Ihr mir doppelt soviel bezahlt, besorge ich Euch das Gewünschte. Was Eure Freunde betrifft, nun, es ist mir egal, selbst wenn Ihr es mit jedem von Ihnen zweimal am Tag treibt. Hauptsache, ich habe nichts damit zu tun und niemand verlangt, daß ich mich irgendeinem Trupp anschließe.«

Ein beifälliges Lächeln huschte über Abarsis' Züge. »Einverstanden. Doppelt soviel. Ich bin auf Euch angewiesen.«

»Ich habe diese Brillantnadeln schon einmal gestohlen* für Tem... für den Geheimnisvollen. Er wird sie ihr bloß wieder zurückgeben, nachdem sie getan hat, was sie für ihn tut. Ich hatte sie einmal im Bett, aber sie tat nichts für mich, was nicht jede andere Hure auch tun würde.«

»Ihr hattet *was?* Ah, dann wißt Ihr offenbar nichts über die beiden? Über ihre Legende? Ihren Fluch?«

»Legende? Fluch? Ich wußte, daß sie eine Zauberin war. Erzählt mir davon! Droht mir deshalb Gefahr? Dann vergeßt das Ganze lieber, ich meine, was die Brillantnadeln betrifft. Ich will mit Zauberei nichts zu tun haben!«

»Wohl kaum Zauberei, macht Euch deshalb keine Gedanken. Sie können nichts damit anfangen. Als er jung und sie eine Jungfrau war, war er ein Prinz und ein Narr von einem Idealisten. Ich hörte, daß der Gott sein leiblicher Vater und sie deshalb gar nicht seine Schwester ist, aber Ihr wißt ja, wie Legenden sind. Ihr Vater, der König, suchte sie vorteilhaft zu ver-

* In VASHANKAS GÜNSTLING von Janet Morris, in: *Zum Wilden Einhorn,* Bastei-Lübbe 20093.

mählen. Ein Erzmagier, von heute kaum noch vorstellbarer Macht, hielt um ihre Hand an, das war etwa zu der gleichen Zeit, als der Geheimnisvolle seinem Anspruch auf den Thron entsagte und sich als Philosoph und Einsiedler in eine Höhle zurückzog. Sie ging zu ihm, flehte ihn um Hilfe an, um einen Ausweg aus einer unerträglichen Lage, und überzeugte ihn, daß der Zauberer nicht mehr an ihr interessiert sein würde, falls sie entjungfert wäre, und daß er, der Geheimnisvolle, der einzige wäre, vor dem sie keine Angst hätte, während sie es bei jedem anderen als Schändung empfinden würde. Es gelang ihr fast mühelos, ihn zu verführen, denn er hatte sie sein ganzes junges Leben bereits geliebt, und gerade weil er sich von ihr, die vom gleichen Blut war wie er, so sehr angezogen fühlte, hatte er seinem Erstgeborenenrecht entsagt und war Einsiedler geworden. Sie dagegen liebte niemanden außer sich selbst; manches ändert sich eben nie. Er war klug genug zu wissen, daß er durch seine Handlung seine eigene Zerstörung herbeiführte, aber Männer neigen dazu, sich von Frauen vernichten zu lassen. In seiner Leidenschaft vermochte er nicht mehr klar zu denken. Als er wieder frei davon war, eilte er zu Vashankas Altar und warf sich darauf, sein Geschick dem Gott überlassend. Der Gott nahm ihn beim Wort, und als der Erzmagier kam, mit vier feuerspuckenden Augen und vier Mündern, die grauenvolle Flüche hervorstießen, schützte der Schild seines Gottes ihn zumindest teilweise. Doch der Fluch hält an. In alle Ewigkeit wandert er dahin und bringt jenen, die ihn lieben-,den Tod, während er von jenen, die er liebt, gemieden und abgewiesen wird. Sie muß sich jedem, der sie für Geld will, hingeben; darf niemandes Güte dulden, wenn sie nicht will, daß man ihr all die schrecklichen Jahre ansieht und ihr wahres Alter erkennt. Und sie ist unfähig, Liebe zu geben, wie sie es immer war. Deshalb ist ihr auch der Weg zu den Göttern versperrt. Sie ist wahrhaftig verdammt.«

Hanse starrte Stiefsohn, dessen Stimme heiser geworden war, an, als er eine Pause machte.

»Wollt Ihr mir jetzt helfen? Bitte! Er würde wollen, daß Ihr derjenige seid.«

Hanse machte ein Zeichen.

»Er *würde* es wollen?« fragte er stirnrunzelnd. »*Weiß* er denn nichts davon?« Scharrend rutschte Nachtschattens Stuhl zurück.

Abarsis streckte die Hand nach der Schulter des Diebes aus. Es war eine Bewegung schnell wie der Blitz und sanft wie ein Schmetterling, wenn er sich auf einer Blüte niederläßt. »Für einen Freund muß man das tun, was er selbst nicht kann oder darf. Bei so einem Mann kommt eine Gelegenheit wie diese selten. Wenn Ihr es nicht für ihn tun wollt, oder für das Geld, dann tut es für mich, und ich werde immer in Eurer Schuld stehen.«

Ein zischendes Geräusch, eine Mischung aus Ungeduld, Gereiztheit und Ärger entwischte über Nachtschattens Lippen.

»Hanse?«

»Ihr wollt ihn mit dieser Tat überraschen, sobald sie vollbracht ist? Was ist, wenn er Überraschungen nicht mag? Was, wenn Ihr Euch täuscht und er ihr nur nicht hilft, weil es ihm lieber ist, sie ist, wo sie ist? Und außerdem gehe ich ihm und seinen Angelegenheiten aus dem Weg.«

»Es wird keine Überraschung sein. Sobald alle Vorbereitungen getroffen sind, werde ich ihn einweihen.

Ich mache Euch ein letztes Angebot. Ich erhöhe die von Euch gewünschte Summe um noch einmal die Hälfte, damit Ihr Eure Gewissensbisse besänftigen könnt.«

Nachtschatten blickte verkniffen auf das herzförmige Gesicht Stiefsohns. Wortlos griff er nach dem Kurzschwert in der Silberscheide und hängte es an seinen Gürtel. »Einverstanden«, brummte er schließlich.

»Gut, dann darf ich Euch mit meinen Gefährten bekanntmachen?« Die langfingrige, wohlgeformte Hand Abarsis', genannt Stiefsohn, winkte den sechsen, die alle mit freundlichem, männlichem Lächeln herbeikamen.

## 5

Kurd, der Vivisezierer, der seine Geschicklichkeit an Tempus versucht hatte, wurde ein gutes Stück von seinem Landhaus entfernt tot aufgefunden. Sein Tod war keineswegs angenehm gewesen und zweifellos von einem Fachmann herbeigeführt worden, sicher von einem Söldner. Aber es gab so viele Söldner in Freistatt und so wenig Freunde des Vivisezierers, daß der Sache nicht nachgegangen wurde.

Die Sache mit dem Kopf des Höllenhunds Razkuli dagegen wurde ernster genommen. Zalbar (der wußte, weshalb beide hatten sterben müssen und wer sie getötet hatte, und der nun um sein eigenes Leben fürchtete) ging zu Kadakithis, mit dem Kopf seines Freundes unter dem Arm und den Geschmack von Erbrochenem noch im Mund. Er erzählte dem Prinzen, wie Tempus am frühen Morgen durch das Tor geritten war und ihm, der Wachdienst gehabt hatte, zurief: »Zalbar, ich habe eine Botschaft für dich!«

»Ja?«

»Fang!« Lachend hatte Tempus ihm etwas zugeworfen, während sein Schimmel sich aufbäumte, dämonisch schrill wieherte und bereits davongaloppierte, als Zalbars Hände ihm sagten: *ein Kopf, ein Männerkopf;* und dann verrieten ihm seine Augen: *Raskulis,* woraufhin sie sich mit Tränen gefüllt hatten.

Kadakithis hatte ihm zugehört, jedoch die ganze Zeit an ihm vorbei aus dem Fenster geschaut. Als Zalbar fertig war, sagte der Prinz: »Ich weiß nicht, was du erwartet hast, nachdem ihr ihm so übel und ungeschickt mitgespielt habt.«

»Aber er sagte, es sei eine Botschaft für mich!« Als Zalbar bemerkte, wie flehend sein Ton klang, runzelte er die Stirn und richtete sich auf.

»Dann nimm sie dir zu Herzen, Mann. Ich kann nicht zulassen, daß ihr eure Streitigkeiten fortsetzt. Falls es mehr als Streitigkeiten sind, will ich davon nichts wissen. Abarsis, genannt Stiefsohn, warnte mich, daß so etwas zu erwarten sei! Ich verlange ein Ende dieser Feindseligkeiten!«

»*Stiefsohn!*« Der hochgewachsene, schmale Zalbar knurrte wie ein Mann, der im Handgemenge einen rachsüchtigen Gott anruft. »Ein ehemaliger Angehöriger eines Heiligen Trupps, der Ruhm und einen ehrenhaften Tod sucht, gleichgültig in welcher Reihenfolge. Stiefsohn hat Euch das gesagt? Der Schlächterpriester? Mein Lord Prinz, Ihr habt Euch in tödliche Gesellschaft begeben! So sind wohl alle Götter der Armeen in Freistatt, zusammen mit ihren Dienern, den Söldnerhorden? Ich hatte ohnedies mit Euch darüber reden wollen, was getan werden kann, um sie zu zügeln ...«

»Zalbar«, unterbrach Kadakithis ihn scharf. »Was die Götter betrifft, habe ich meine feste Meinung: Ich glaube nicht an sie. Und was die Söldner angeht, laß sie in Ruhe. Du bringst hier Sachen zur Sprache, die deine Kompetenz überschreiten. Mit Tempus werde ich sprechen. Ihr werdet eure Einstellung ändern müssen. Ist das nun *alles?*«

Es war alles. Und es wäre fast das Ende von Zalbars gesamter Laufbahn gewesen, denn er war nahe daran, seinen Befehlshaber zu schlagen. Glücklicherweise konnte er sich gerade noch zurückhalten, doch den üblichen Abschiedsgruß brachte er nicht hervor. Er ging zu seiner Unterkunft, dann in die Stadt und schwitzte seinen Grimm aus, so gut er es konnte. Den Rest spülte er mit Wein hinunter. Danach besuchte er Myrtis, die Herrin des Aphrodisia-Freudenhauses, die ihn zu beruhigen verstand. Und sie, die sah, wie sein Herz schier brach und seine Fäuste zitterten, fragte nicht lange, weshalb er gekommen war, nachdem er sich so lange Zeit nicht hatte sehen lassen, sondern schloß ihn in die Arme und heilte von seinen seelischen Wunden, was sie konnte. Sie dachte an den Schutz, den er ihrem Haus gewährte und was er schon alles Gutes dafür getan hatte. Ein Liebeszauber war dafür verantwortlich, den sie vor längerer Zeit durch einen Trunk über ihn verhängt hatte.* So schuldete sie ihm zumindest eine Nacht, die seinen Träumen entsprach.

* In MYRTIS von Christine DeWees, in: *Der blaue Stern*, Bastei-Lübbe 20091

## 6

Tempus war zu seinesgleichen zurückgekehrt, nachdem er die Kaserne verlassen hatte. Wieder in Leopardenumhang, Bronze und Eisen hatte er sich zur Gildenherberge nördlich des Palasts begeben und wurde mit offenen Armen empfangen.

Weshalb er sich so lange davon ferngehalten hatte, hätte er nicht zu sagen vermocht, nur daß ohne diese, seine Freunde früherer Zeit, die Kameradschaft nicht so befriedigend gewesen wäre.

Er trat an einen Tisch, schenkte sich aus einer bauchigen Kanne dampfenden Glühwein in einen Becher, streute etwas geriebenen Ziegenkäse und Anis darüber und setzte sich damit an einen Ecktisch. Sollten die Männer, die es wollten, zu ihm kommen.

Das Problem mit dem Eunuchen war immer noch ungelöst. So einfach war es gar nicht, passenden Ersatz zu finden, in der Söldnergilde gab es nicht viele Eunuchen. Der Aufenthaltsraum war rot wie der sterbende Tag und schwarz wie die Berge, hinter denen die Sonne unterging. Er fühlte sich wohler, weil er gekommen war. Als Abarsis, der Hohepriester von Oberranke, seine Gefährten verließ, um sich zu ihm zu begeben, sich jedoch nicht zu den Söldnern setzte, die sich inzwischen um Tempus geschart hatten, schickte der Höllenhund die neun fort und sagte zu dem Gerüsteten:

»Das Leben für dich, Stiefsohn. Bitte setz dich zu mir.«

»Das Leben für dich, Geheimnisvoller, und immerwährenden Ruhm.« Abarsis hob seinen Becher und nahm einen Schluck von dem klaren Wasser, während seine kaum minder klaren Augen auf Tempus' Gesicht geheftet waren. »Hat Freistatt dich zum Trinken getrieben?« Er deutete mit seinem Kopf auf den dampfenden Wein.

»Du meinst, die trockene Seele sei die weiseste? Nicht im hintersten Winkel des Reichs, wo das Wasser sehr ungesund sein kann. Vieles, was ich vor langer Zeit und fern von hier sagte, hat seine Gültigkeit für mich verloren. Vergiß sie ebenfalls.«

Die glatten Wangen Stiefsohns zuckten. »Das kann ich nicht. Mein Leben lang warst du mein Vorbild. Ich lauschte jedem Wort über dich und trug über dich zusammen, was ich erfahren konnte. Alles, was du uns im Norden in Legende und Stein hinterließest, habe ich studiert und mir eingeprägt. Hör zu: ›Krieg ist Vater und König aller. Einige macht er zu Göttern, andere zu Menschen, manche zu Freien, manche zu Sklaven.‹ Oder: ›Krieg ist uns allen eigen; Krieg ist Gerechtigkeit; alles entsteht und endet durch Krieg.‹ Du siehst, ich kenne dein Werk, ja sogar jene anderen Namen, die du benutzt hast. Verlange nicht, daß ich sie nenne. Ich möchte mit dir zusammenarbeiten, o Schlafloser. Das wäre der Höhepunkt meiner Laufbahn.« Unverhohlenes Flehen sprach aus seinem Blick, den er jedoch schnell abwandte, als er hastig fortfuhr: »Du brauchst mich! Wer sonst wäre geeignet? Wer sonst hier hätte ein Brandmal und – ah, Kastrationsnarben? *Und* hat in der Arena als Gladiator gekämpft, genau wie Jubal? Wer sonst unter allen hier könnte sein Interesse erregen oder ihn gar verführen? Und obgleich ich ...«

»Nein!«

Abarsis kramte in seinem Gürtel und warf ein goldenes Amulett auf den Tisch. »Der Gott hat nicht vor, dich aufzugeben. Das hier hatte sich am Huf deines Fuchses verfangen. Mein Lehrer, erinnerst du dich an ihn ...?«

»Ich kenne ihn«, entgegnete Tempus grimmig.

»Er hält Freistatt für das Ende des Seins und glaubt, daß jene, die hierherkommen, rettungslos verdammt sind; daß Freistatt die Hölle ist.«

»Wie ist es dann möglich, Stiefsohn«, sagte Tempus fast gütig, »daß die Menschen hier sehr wohl den körperlichen Tod erleiden? Soviel ich weiß, bin ich die einzige Seele in Freistatt, der ewige Qual beschieden ist, mit Ausnahme meiner Schwester vielleicht, die jedoch möglicherweise gar keine Seele hat. Hör nicht mehr auf das, was andere sagen, Priester. Eines Menschen eigene Fehler sind Last genug, ohne daß man sich noch die anderer aufbürden sollte.«

»Dann erwähle mich! Die Zeit reicht nicht, um einen anderen Eunuchen zu suchen.« Er sagte es ohne Bitterkeit, lediglich an Tempus Vernunft appelierend. »Ich kann dir auch noch ein paar Streiter beschaffen, die du vielleicht noch nicht kennst, und die es nicht von sich aus wagen würden, an dich heranzutreten. Mein Heiliger Trupp sehnt sich danach, dir zu dienen! Du aber schenkst deine Gunst Provinzlingen und Ausländern, die diese Ehre nicht zu schätzen wissen, ja sie nicht einmal erkennen. Schenk sie mir, der sich wenig anderes wünscht ...! Der Prinz, der König sein möchte, wird mich nicht verraten. Übergib mich Jubal zur Ausbildung. Ich bin zwar etwas alt dafür, aber hier in Freistatt ist ohnedies alles anders. Ich habe dir hier geholfen! Du schuldest mir diese Chance!«

Tempus rührte seinen abgekühlten Glühwein mit einem Finger um. »Dieser Prinz ...«, wechselte er das

Thema. Sein tiefes Seufzen klang wie das Rasseln von Gebeinen. »Er wird nie ein großer König sein wie dein Vater. Kannst du mir verraten, weshalb der Gott überhaupt ein solches Interesse an ihm hat?«

»Das wird er dir selber sagen, wenn du ihm das Trôspferd opferst. Oder einen Menschen. Dann wird er besänftigt sein. Du kennst das Ritual. Wenn du dich für ein Menschenopfer entscheidest, stelle ich mich dir gern als Freiwilliger zur Verfügung ... Ah, du verstehst mich jetzt? Ich will dich nicht erschrekken ...«

»Keine Angst.«

»Dann – obgleich ich mir damit möglicherweise dein Mißfallen zuziehe, gestehe ich es: Ich liebe dich! Eine Nacht mit dir wäre mehr Glück, als ich ertrüge. Unter dir zu arbeiten, ist seit langem mein Traum! Laß mich tun, was keiner besser kann; was kein *ganzer* Mann tun könnte!«

»Da du es dir offenbar wirklich so sehr ersehnst, soll dir dein Wunsch erfüllt werden. Aber wer weiß, was Jubals Falkenmasken mit einem Eunuchen machen werden, den wir schicken.«

»Mit deinem Segen und dem des Gottes bin ich furchtlos. Und du wirst in der Nähe sein und Jubals Festung stürmen. Während du den Sklavenmeister wegen Spionage verhaftest, wird der Frau zur Flucht verholfen. Oh, ich kenne deine Gedanken: Ich habe auch dafür gesorgt, daß sie ihre Waffen zurückerhält.«

Tempus grinste. »Ich weiß gar nicht, was ich sagen soll!«

»Sag, daß du mir wohlgesonnen bist und mehr als nur eine schlechte Erinnerung in mir siehst.«

Kopfschüttelnd nahm Tempus das Amulett, das

Abarsis ihm entgegenstreckte. »Dann komm, Stiefsohn, wir wollen sehen, welchen Teil deiner ruhmvollen Erwartungen wir erfüllen können.«

## 7

Später würde man erzählen, und es würde zur Legende werden, daß der Sturmgott höchstpersönlich an dem Überfall auf den Landsitz des Sklavenhändlers beteiligt gewesen war. Blitze schlugen in den Wachhäusern an der Schutzmauer ein, und Kugelblitze rollten durch den Innenhof zum schweren Eichentor, bis es zu Asche zerfiel. Der Boden grollte, bäumte sich auf; Risse und Spalten durchzogen die Privatgemächer des Sklavenhändlers, in denen dieser sich gerade mit dem Eunuchen beschäftigte, den Kadakithis ihm zur Ausbildung geschickt hatte. Es war eine schändliche Vergeudung, einen Lustknaben aus einem solchen Sklaven zu machen. Die Arena hatte ihm Muskeln geschenkt, und die Zeit ihn reifen lassen. Diese Art von Vergnügen vielleicht noch zwei oder drei Jahre aus ihm herauszupressen empfand der Sklavenhändler als bedauernswert. Blut wie seines kam so selten in die Sklavenpferche, daß seine Kastration eine Sünde gegenüber zukünftigen Generationen gewesen war. Hätte Jubal ihn früh genug bekommen – ehe man ihm mit neun oder zehn Jahren diese Schmach angetan hatte –, er hätte keine Mühe gescheut, ihm die beste Erziehung angedeihen zu lassen und ihn zur Zucht einzusetzen. Doch sein Brandzeichen und die trotz Sonnenbräune helle Haut ließen an nordische Berge denken, an hohe Hexerburgen, wo die Kriege so gewütet hatten, daß niemand stolz darauf war, sich zu erinnern, was auf beiden Seiten geschehen war.

Schließlich ließ er den Eunuchen am Hals an das Fußende des Bettes gekettet allein, um nachzusehen, was das Krachen, die Blitze und der bebende Fußboden zu bedeuten hatten.

Er verstand zwar nicht, was er von der Schwelle aus sah, aber er kehrte sofort um, schlüpfte aus seinem hinderlichen Gewand und bewaffnete sich, um gegen die höllischen Kräfte seines Feindes zu kämpfen und, wie es aussah, auch gegen die Nacht.

Ölgefüllte Feuerkugeln flogen über die Mauer in den Hof, flammende Pfeile schossen herbei, Speerspitzen und Klingen blitzten und sangen, als sie mit weichem Zischen, von dem Jubal gehofft hatte, nie wieder hören zu müssen, töteten.

Es war gespenstisch, daß keine menschlichen Stimmen laut wurden: Weder seine Falkenmasken noch ihre Gegner brüllten oder schrien. Dafür prasselte das Feuer, die Pferde schnaubten, und wenn sie zu Boden gingen, ächzten sie wie gefallene Männer.

Jubal erinnerte sich an das ungute Gefühl in seinem Magen, als Zalbar ihm anvertraut hatte, daß die merkwürdigen Laute größter Qual, die aus dem Arbeitsraum des Vivisezierers gedrungen waren, sich dem Höllenhund Tempus entrangen. Auch an die schlimmen Vorahnungen erinnerte er sich, als einige seiner sich verfolgt fühlenden Männer ein Ende mit dem machen wollten, der rein zu seinem Vergnügen, wie es schien, hinter den Falkenmasken her war, und es ihnen nicht glückte.

Doch jetzt war keine Zeit für lange Überlegungen.

Es gab nur eins, sich in das Kampfgetümmel zu stürzen (das offenbar überall herrschte, denn der Angriff erfolgte von allen Seiten aus der Dunkelheit), Befehle zu brüllen, Führer zu ernennen (zwei), und Ersatz für die Gefallenen (drei) anzuweisen. Dann hörte er Jubelschreie und teuflisches Gebrüll, und da wurde ihm klar, daß jemand die Sklaven aus den Pferchen befreit hatte. Jene, die nichts mehr zu verlieren hatten und Rache, wenn nicht Tod, suchten, waren bewaffnet mit was immer sie finden konnten. Jubal sah weitaufgerissene, weißgeränderte Augen, gefletschte Zähne und der ganzen Meute voran den Eunuchen aus Kadakithis' Palast. Der Schlüssel zu seinem eisernen Kragen war in Jubals Gewand gewesen, das er in Reichweite des Burschen ausgezogen hatte, dessen entsann er sich jetzt.

Von plötzlichem Grauen erfüllt, rannte Jubal wie in eine schalldämpfende Blase gehüllt, in der nur sein keuchender Atem zu hören war und sein heftig hämmerndes Herz, das in den Ohren hallte. Im Laufen blickte er über die Schulter. Er sah eine ungewöhnliche Erscheinung im Leopardenfell und mit einem Hornbogen in der Hand die Wachhausmauer herabrutschen. Jubal rannte, bis er die Stallung erreichte, bis er über eine tote Falkenmaske stolperte. Und plötzlich hörte er alles, was bisher gedämpft gewesen war, als eine ohrenbetäubende Symphonie von Mißtönen: klirrende Klingen, krachende Rüstungen, aufgeprallte Leiber, klappernde Beinschienen rennender Männer, das sanfte Sirren von Bolzen, die hell wie der Tod glänzten, wenn sie in das dunkle Gemenge brausten, klingende Lanzen, die gegen Helm oder Schild schlugen und plötzlich in feurigem Licht blitzten.

*Feuer?* Hinter Jubal loderten Flammen aus den Stallfenstern, und Pferde brüllten ihre Todesangst hinaus.

Die Hitze war sengend. Jubal zog sein Schwert und drehte sich in einer fließenden Bewegung. Er schätzte seine Lage ab, wie er es in der Arena gelernt hatte, als die Zuschauer ihm stürmisch zujubelten, während er noch töten mußte, damit er einen weiteren Tag lebte, um wieder töten zu können.

Er spürte die neuerwachende, freudige Erregung des Gladiatoren, und als die Meute befreiter Sklaven brüllend herbeistürmte, erwählte er den Eunuchen des Prinzen und entriß den toten Händen der Falkenmaske den Speer. Er schwang ihn linkshändig zum Wurf, gerade als der Mann in Leopardenfell und Harnisch mit einem Dutzend Söldnern zwischen ihn und die Sklaven stürmte und ihm so den letzten möglichen Fluchtweg über die Treppe der Westmauer abschnitt.

Die Flammen hinter ihm schienen noch heißer, so war er froh, daß er sich nicht die Zeit genommen hatte, in die Rüstung zu schlüpfen. Er warf den Speer, und dieser bohrte sich in den Bauch des Eunuchen.

Der Führer im Leopardenfell kam allein näher und deutete mit der Schwertspitze dreimal nach links.

War das Tempus in der schrecklichen Rüstung? Jubal hob seine Klinge als Bestätigung zur Stirn und wandte sich der Stelle zu, auf die der Leopardenführer gewiesen hatte. Doch der Mann redete über die Schulter auf seine vorderen Söldner ein, von denen sich drei um den gefallenen Eunuchen kümmerten. Da trat ein Bogenschütze zu dem Anführer und tupfte auf das Leopardenfell. Den angelegten Pfeil richtete er dabei weiterhin auf Jubal, als der Anführer sein Schwert einsteckte und sich der kleinen Gruppe um den Eunuchen zugesellte.

Jubal vernahm das Bersten von Holz und sah, wie der Speerschaft weggeworfen wurde. Und dann sirrten Pfeile kurz hintereinander auf ihn zu und drangen in seine Knie. Nach dem kurzen heftigen Schmerz spürte er nichts mehr.

## 8

Tempus beugte sich kniend über Abarsis, der nackt sein Leben in den Staub blutete. »Holt Licht!« haspelte er. Er warf seinen Helm von sich und beugte sich noch tiefer, bis seine Wange den verkrampften haarlosen Bauch Stiefsohns berührte. Die ganze Bronzespitze des Speeres mitsamt dem Widerhaken steckte tief in ihm. Unterhalb der untersten Rippe ragte der abgebrochene Schaft heraus, und Abarsis' gequälter Atem ließ ihn erzittern. Eine Fackel wurde herbeigebracht. In ihrem Licht erkannte Tempus, daß es nur unsinnig qualvoll wäre, die Speerspitze herauszuschneiden. Ein Widerhaken steckte unter der Rippe, und mit dem Blut flossen lebenswichtige Körpersäfte. Einer alten Sitte gemäß drückte Tempus den Mund auf die Wunde, saugte das Blut auf und schluckte es. Dann hob er den Kopf und schüttelte ihn, jenen zugewandt, die mit einer erhitzten Klinge und hoffnungsvollen Gesichtern warteten. »Besorgt ihm Wasser – keinen Wein. Und gebt ihm etwas Luft.«

So machten sie Platz um ihn, und als der Gefährte

aus dem Heiligen Trupp, der Abarsis' Kopf gehalten hatte, ihn sanft auf den Boden bettete, versuchte der Verwundete etwas zu sagen, doch nur Husten kam hervor, der ihn heftig schüttelte. Hilflos verkrampfte seine Hand sich um das Stück Speerschaft.

»Ruh dich aus, Stiefsohn. Dein Wunsch fand Erfüllung, du wirst mein Gottesopfer sein.« Tempus bedeckte die Blöße des Jünglings mit seinem Umhang, löste die blutige Hand vom Schaft und nahm sie in die eigene.

Da öffneten sich die blaugrauen Augen in einem Gesicht blaß vor Schmerz. »Ich habe keine Angst, da du und der Gott bei mir sind.«

Tempus schob einen Arm unter Stiefsohns Kopf und legte ihn in seinen Schoß. »Psst!«

»Bald, bald«, flüsterten die Lippen, die ihre Farbe verloren. »Habe ich es nicht gut gemacht, für dich? Sag es mir – daß du mit mir zufrieden bist. O Geheimnisvoller, so sehr liebe ich dich, daß ich dich lobpreisen werde vor dem Antlitz meines Gottes. Wenn ich meinen Vater wiedersehe, werde ich ihm sagen, daß – ich an deiner Seite kämpfte.«

»Mit mehr als dem sollst du zu ihm gehen, Stiefsohn«, flüsterte Tempus. Er beugte sich über ihn und küßte ihn sanft auf den Mund. Und Abarsis hauchte seine Seele aus, während ihre Lippen sich noch berührten.

## 9

Hanse hatte die Nadeln mühelos an sich bringen können, wie Stiefsohn es ihm versprochen hatte, da Tempus nicht im Palast war. Danach hatte die Aufforderung des jungen Söldners, zu Jubals Landhaus zu kommen, um beim Kampf zuzusehen, fast schmerzhaft in Hanses Kopf geklungen. Nur damit es verstummte, tat er wie ihm geheißen.

Natürlich wußte er, daß es töricht war, ja gefährlich, davon auch nur zu wissen. Aber wenn er den jungen Söldner wiedersah, wollte er sagen können: »Ja, ich habe es gesehen. Es war großartig.« Also machte er sich vorsichtig auf den Weg. Wurde er aufgehalten, hatte er Stiefsohns Heiligen Trupp als Zeugen, daß er bei Jubals Haus gewesen war und also nicht in der Nähe des Palasts und des Gerichtssaals gewesen sein konnte.

Es war ihm klar, daß diese Ausreden fadenscheinig waren, aber er wollte gehen, und er wollte sich nicht mit dem Warum befassen: nämlich, daß die Verlokkungen des Söldnerlebens ihm schwer zu Kopf stiegen. Denn gestände er es sich ein, wie süß es ihm erschien, mochte er verloren sein. Ging er jedoch, sah er vielleicht etwas, das gar nicht so süß und berauschend war, etwas, das all dieses Gerede über Freundschaft und Ehre hinwegspülte.

Also ging er und versteckte sich auf dem Dach eines Wachhauses, das in dem Durcheinander sich selbst überlassen worden war. So sah er alles, was passierte.

Als er seinen Beobachtungsposten ungefährdet verlassen konnte, folgte er dem Schimmelpaar mit

Tempus und dem Leichnam auf einem Pferd, das er sich schnell angeeignet hatte.

Die Sonne war bereits aufgegangen, als Tempus den Kamm des erwählten Hügels erreichte und über die Schulter rief: »Wer immer Ihr seid, reitet herbei!« Dann machte er sich daran, Äste für die Totenbahre und das Totenfeuer zu sammeln.

Hanse ritt zum Rand des Felsvorsprungs, auf den Tempus das Holz schichtete, und sagte: »Nun, Verfluchter, du und dein Gott, seid ihr wieder versöhnt? Stiefsohn hat mir alles darüber erzählt!«

Mit Augen wie Flammen richtete der Mann sich auf und legte eine Hand in den Nacken. »Was willst du eigentlich, Nachtschatten? Ein Mann mit ein bißchen Achtung stößt über einem Toten keine Beleidigungen aus. Wenn du seinetwegen hier bist, ist es mir recht. Kamst du aber wegen mir, hast du dir die unrechte Zeit gewählt.«

»Ich *bin* seinetwegen hier, *Freund*. Hast du dir vielleicht eingebildet, ich käme, um dich in deiner Trauer zu trösten, wenn er aus Liebe zu dir starb? Er bat mich«, fuhr Hanse fort, ohne abzusitzen, »dies für ihn zu besorgen. Er wollte sie dir geben.« Er griff nach den in Fell gewickelten Brillantnadeln, die er gestohlen hatte.

»Halt ein und beherrsche deine Gefühle. Urteile über nichts, was du nicht verstehst. Was die Nadeln betrifft, Abarsis hat sich in meiner Absicht, was sie angeht getäuscht. Wenn du deinen ersten Söldnerauftrag zu Ende führen möchtest, dann bring sie Eindaumen. Sag ihm, sie seien für seine Wohltäterin. Damit wäre der Auftrag beendet. Einer des Heiligen Trupps wird dich bezahlen. Mach dir deshalb keine Gedanken. Und nun, wenn du Abarsis die letzte

Ehre erweisen willst, sitz ab!« Der Kampf in Tempus' Gesicht, aus dem sonst nie etwas Unbeabsichtigtes zu lesen war, war erschreckend. »Wenn nicht, dann begib dich fort, Freund, solange wir noch Freunde sind. Ich bin heute nicht in der Stimmung für lebende Jünglinge.«

Also glitt Hanse von dem Pferd, stapfte zu dem Leichnam und flüsterte: »Komm mir nicht mit so etwas, Unheilsgesicht! Wenn es deinen Freunden so ergeht, verzichte ich auf diese Ehre.« Er zog das Leichentuch zurück. »Seine Augen sind ja offen!« Er streckte die Hand aus, um sie zu schließen.

»Tu's nicht! Laß ihn seinen Weg sehen!«

Über die starrende Leiche hinweg funkelten sie einander an, während ein rotschwänziger Falke über ihnen kreiste und sein Schatten das bleiche tote Gesicht liebkoste.

Dann kniete Hanse sich steif nieder, fischte eine Münze aus seinem Gürtel, schob sie zwischen Stiefsohns leicht geöffnete Lippen und murmelte etwas. Nunmehr erhob er sich, drehte sich um, schritt wortlos zu dem gestohlenen Pferd zurück, kletterte etwas unbeholfen in den Sattel und ritt ohne einen Blick zurück davon.

Als Tempus den Scheiterhaufen errichtet und Abarsis' letztes Lager darauf zubereitet hatte, bahrte er den Toten auf. Dann zündete er das trockene Holz an. Mit geballten Fäusten stellte er sich etwas abseits. In dem beißenden Rauch begannen seine Augen zu tränen, vielleicht auch nicht nur davon. Durch den Schleier vor den Augen sah er den Vater des Jungen in seinem Streitwagen kämpfen mit dem toten Wagenlenker vor seinen Füßen. Das war damals gewesen, als Tempus einem der Feinde des Königs den Arm abgeschlagen hatte, um den Freund vor der herbeischwingenden Axt zu retten. Er sah dieses Hexenweib, das der König zur Frau genommen hatte in den Schwarzen Bergen, um sich zu verbünden mit dem, was nicht zu bezwingen war. Er sah auch die Folgen, als die Frucht der wilden Frau ihren Leib verlassen hatte und jeder getreue General sich an ihrem Mord beteiligte, ehe sie ihren Feldherrn auf die Bahre bringen konnte. Er sah den Jungen, hexenhaarig und weise, wie er zu Tempus' Streitwagen lief, um mitfahren zu dürfen, wie er dem väterlichen Freund lachend die Arme um den Hals schlang und ihn in der Art der nordischen Jungen ohne Verlegenheit küßte. All das geschah, bevor der Große König seine Armeen auflöste und nach Hause zurückkehrte, um in Frieden zu leben, während Tempus südwärts nach Ranke ritt, in ein Reich, das noch auf wackligen Kinderfüßen stand. Und Tempus sah das Schlachtfeld, auf dem er erfolgreich gegen die Truppen eines Monarchen kämpfte, der einst sein Lehnsherr gewesen war: Herren wechselten. Er war nicht dabei gewesen, als man den Großen König besiegte, ihn aus seinem Streitwagen zerrte, und als die endlose Schlächterei begann, die zeigte, welche unübertroffenen Barbaren die Rankaner waren. Jene, die dabei gewesen waren, erzählten später, daß er alles mit Haltung erduldet hatte, bis man seinen Sohn vor seinen eigenen Augen kastrierte und einem Sklavenhändler übergab ... Als Tempus davon erfuhr, war er sofort aufgebrochen, die gebrandschatzten Städte abzusuchen, in denen die Rankaner Greuel sondergleichen begingen, deren Kunde Widerstand besser unterdrückte als die spitzesten Lanzen. Und er sah Abarsis im Sklavenpferch, der Junge mit vor Entsetzen aufgerissenen Augen, weil ein Soldat sah, was ihm angetan worden war. Kein Schimmer der Freude erhellte das hagere Kindergesicht, die Arme streckten sich nicht nach dem Retter aus. Ein kleiner beraubter Held schlurfte über besudeltes Stroh auf Tempus zu, und die Sklavenaugen betrachteten ihn furchtlos abschätzend, um zu ergründen, was er von diesem Mann zu erwarten hatte, der einst zu den geschätztesten Kriegern seines Vaters gehört hatte, doch nun nur ein weiterer rankanischer Feind war. Tempus erinnerte sich, wie er das Kind auf die Arme gehoben und entsetzt festgestellt hatte, wie leicht es war und wie die Knochen durch die Haut stachen; und an den Augenblick, als Abarsis endlich geglaubt hatte, daß er in Sicherheit war. Und wie der Junge ihn unter Tränen angefleht hatte, ihm zu schwören, sein Geheimnis zu bewahren. Je weniger über den Rest gesagt wurde, desto besser. Er hatte für den Jungen Pflegeeltern im felsigen Westen bei den Meerestempeln gefunden, wo Tempus geboren war, und wo die Götter immer noch hin und wieder Wunder vollbrachten. Er hatte irgendwie gehofft, die Götter würden heilen, was die Liebe allein nicht vermochte. Nun hatten sie es getan.

Er nickte, nachdem er die Erinnerung wie Gift überwunden hatte, und blickte auf das niederbrennende Feuer. Dann, um der Seele Abarsis' willen, den man Stiefsohn genannt hatte, und weil sein Fleisch es so wollte, warf Tempus sich vor Vashanka nieder und trat so erneut in den Dienst des Gottes.

Hanse hatte auf einem Sims unterhalb versteckt gelauscht und so auf seine Weise an der Bestattung teilgenommen. Doch als ihm klar wurde, was er da hörte, drückte er die Fersen in die Weichen des Pferdes und trieb es an, als wäre der Gott selbst, dessen donnernde Stimme er vernommen hatte, hinter ihm her.

Er hielt nicht an, bis er das Wilde Einhorn erreicht hatte. Dort flog er fast vom Pferd, befahl ihm mit leiser Zischstimme, nach Hause zu laufen, versetzte dem Tier einen Klatsch, und schlüpfte durch die Schenkentür mit einer Erleichterung, wie sie sein Lieblingsmesser empfinden mußte, wenn er es in die Scheide steckte.

»Eindaumen!« rief Hanse schon auf dem Weg zum Schanktisch. »Was ist denn da draußen los?« Am Bürgertor hatte es von Soldaten nur so gewimmelt.

»Hast du es denn nicht gehört?« fragte der zum Tagwirt gewordene Nachtwirt spöttisch. »Einige Gefangene konnten aus dem Palastverlies entkommen, aus dem Gerichtssaal wurden bestimmte Dinge gestohlen, und keiner der für die Sicherheit verantwortlichen Offiziere war in der Nähe gewesen.«

Hanse schaute in den Spiegel hinter dem Schanktisch. Er sah, daß der häßliche Mann freudlos grinste. Blick maß sich mit Spiegelblick. Hanse holte das in Fell gewickelte Bündel hervor. »Das ist für dich. Du sollst es deiner Wohltäterin geben.« Schulterzuckend starrte er in den Spiegel.

Eindaumen drehte sich um, wischte mit dem Putztuch über die glänzende Schanktischplatte, und mit dem Putztuch verschwand auch das kleine Bündel. »Ich verstehe nicht, daß du dich in so was verwickeln läßt! Versprichst du dir davon einen Aufstieg? Mach dir da keine falschen Hoffnungen. Und das nächste Mal, wenn du mit so was kommst, benutz den Hintereingang. Oder besser noch, laß dich überhaupt nicht sehen! Ich hatte dich wirklich für klüger gehalten!«

Hanse schlug heftig mit der flachen Hand auf die Platte daß es klatschte. »Ich habe mir heute schon genug angehört, und jetzt sage ich dir, was du tun sollst, Fettwanst: Nimm, was ich dir gebracht habe, und dazu deinen weisen Rat, wickle beides gut zusammen und setz dich drauf!« Mit steifen Knien wie eine Katze, die sich aus dem Schlaf erhebt, ging Nachtschatten zur Tür. Über die Schulter brummte er: »Und ich habe *dich* für klüger gehalten!«

»Ich muß schließlich an mein Geschäft denken«, rief der Wirt ihm etwas zu laut nach, als daß man es als Jammern hätte auslegen können.

»Ah ja, genau wie ich, genau wie ich.«

## 11

Lavendel- und zitronenfarbiges Morgenlicht putzte die weißgetünchte Kasernenmauer heraus und fiel auf den Paradeplatz außerhalb des Palasts.

Tempus war die ganze Nacht in Jubals Landhaus beschäftigt gewesen, wo er seine Söldner fern der Stadt, der Höllenhunde und der ilsiger Garnisonssoldaten einquartierte. Fünfzig Mann hatte er hier, aber darunter waren zehn Paare von drei verschiedenen Heiligen Trupps: Stiefsohns Vermächtnis. Die zwanzig hatten die dreißig nicht so eng miteinander verbundenen Söldner überzeugt, daß »Stiefsöhne« ein guter Name für ihre Schwadron wäre und die Kohorte, die sie einmal führen würden, wenn die Dinge sich entwickelten, wie jeder hoffte.

Die Heiligen Trupps wollte Tempus behalten und den Rest in der gesamten Armee innerhalb des Herrschaftsgebiets des Prinzen verteilen. Dort konnten sie ihre eigenen Männer auswählen und eine Division aufstellen, auf die Abarsis' Geist mit Stolz herabblikken konnte, wenn er im Himmel nicht zu sehr mit den Götterkämpfen beschäftigt war.

Die Männer hatten Tempus bereits Grund zum Stolz gegeben: in der Nacht gegen Jubals Leute und auch danach. Als er heute abend um die Ecke der Sklavenpferche bog, die die Männer zu Viehställen umbauten, hatte er fast so etwas wie eine Liebeserklärung an der Schutzmauer ringsum vorgefunden. In Lammblut stand dort in zwei Ellen hohen Lettern: *»KRIEG IST ALLES UND KÖNIG ALLER, UND ALLES ENTSTEHT DURCH DEN KRIEG.«*

Obgleich der Spruch so nicht ganz wortgetreu war, mußte er lächeln; zwar hatte die Zeit jene Welt und seine Jugend verschlungen, aus der seine kühnen Sprüche stammten, doch Abarsis, genannt Stiefsohn, sowie sein Vermächtnis an Beispielen und Anhängern, ließen Tempus überlegen, ob er möglicherweise damals doch nicht so jung und töricht gewesen war, wie er es sich in letzter Zeit des öfteren eingebildet hatte. Vielleicht waren er und sein Zeitalter vom schlechten Nachgeschmack besserwisserischer Erinnerungen befreit.

Er und der Gott waren wieder versöhnt. Das verdrängte zumindest seinen Fluch und den Schatten des Leides, den er immer vor ihn warf. Seine Schwierigkeiten mit dem Prinzen waren behoben. Zalbar hatte seine Feuerprobe bestanden. Nachdenklich und ohne Aufhebens war er zu seinen üblichen Pflichten zurückgekehrt. Er würde sich wieder völlig fangen. Tempus kannte seinesgleichen.

Er hatte es Kadakithis überlassen, sich Jubals anzunehmen. Ursprünglich hatte er ja einen Zweikampf mit dem Exgladiator geplant, doch das wäre jetzt unpassend, da der Mann die Beine nicht wieder so schnell gebrauchen konnte, wenn sie ihn nach der Heilung überhaupt noch tragen würden.

Nicht, daß die Welt so lächerlich schön war wie der von sich eingenommene Sommermorgen, der offenbar nicht einsah, daß er ein Freistätter Morgen war und deshalb zumindest blutig, grell oder voll Fliegen sein sollte, die einem um den Kopf summten. Es war jedenfalls nicht so, daß man nicht doch noch ein paar Dornen auf dem Weg finden konnte. Da war beispielsweise Hanse, genannt Nachtschatten, der, wann immer es ihm dienlich war, unpassende Trauer um Abarsis zur Schau trug, als wäre er sein bester Freund gewesen, der jedoch trotz Tempus' Angebot, zu den Stiefsöhnen zu kommen, nichts dergleichen getan hatte. Insgeheim dachte Tempus, daß er es sich möglicherweise noch überlegen würde, daß er versuchte, zweimal in den Fluß zu steigen, bildlich gesprochen. Fror ihn genug an den Füßen, würde er das Ufer der Männlichkeit erklimmen. Wenn er besser reiten konnte, gestattete sein Stolz es ihm vielleicht mitzumachen, was er jetzt, da er kaum richtig auf einem Pferd zu sitzen vermochte, spöttisch ablehnte.

Doch auch Hanse mußte seinen eigenen Weg finden. Er war nicht Tempus' Problem, obgleich Tempus diese Last gern auf sich nehmen würde, sollte Nachtschatten je andeuten, daß er nichts gegen Hilfe hätte.

Cime, seine Schwester, war jedoch sein Problem und nur seines, und weil es so gewaltig war, schaute er sich überall nach einer möglichen Lösung um, überdachte, was er fand und legte es nieder, wie Götter, die Saat von Feld zu Feld bringen. Er könnte sie töten, ihr Gewalt antun, sie verjagen. Was er nicht könnte, war, sie nicht zu beachten, sie zu vergessen oder alles in sich hineinzufressen, ohne ihr gegenüberzutreten.

Daß sie und Eindaumen eine Liebschaft angefangen hatten, war wahrhaftig etwas, womit er nicht gerechnet hatte. Auf einen solchen Gedanken wäre er überhaupt nicht gekommen.

Tempus spürte den Gott in sich, dieses unendlich tiefe Gefühl in seinem Kopf, das andeutete, daß die Gottheit zu sprechen beabsichtigte. *»Lautlos!«* warnte er Vashanka in seinem Kopf. Es bestand immer noch eine leichte Unsicherheit zwischen ihnen, wie bei Liebenden nach einer zeitweiligen Trennung.

*»Wir können sie nehmen, ganz sanft, dann wird sie weg wollen. Du erträgst ihre Gegenwart nicht, also vertreib sie. Ich werde dir helfen«*, sprach Vashanka.

»Mußt du so durchschaubar sein, Schänder?« brummte Tempus, so daß Abarsis' Trôspferd die Ohren zurücklegte, um zu lauschen. Er tätschelte seinen Nacken und befahl ihm weiterzutraben. Ihr Ziel war Lastels Landhaus im Osten der Stadt.

*»Beständigkeit und Hartnäckigkeit gehören zu meinen Tugenden«*, erklärte der Gott spöttisch und bedeutungsvoll.

»Du wirst sie nicht kriegen, Unersättlicher. Du, der in dieser Hinsicht nie zu befriedigen ist, wirst nicht triumphieren. Was hätten wir denn zwischen uns, um auseinanderzuhalten, wer wer ist? Ich kann es nicht zulassen!«

*»Du wirst!«* So laut klang Vashankas Stimme in seinem Kopf, daß Tempus heftig zusammenzuckte und das Trôspferd sich vorwurfsvoll umschaute, um zu sehen, was diese Gewichtsverlagerung bedeuten mochte.

Mitten auf dem angenehm schattigen Weg hielt Tempus das Tier an diesem herrlichen Morgen an. Steif blieb er eine Weile lang still sitzen, während in ihm ein Kampf tobte, der keine Entscheidung fand.

Nach einer Weile drehte er das Pferd herum, gab ihm die Fersen zum Trab und ritt zurück zur Kaserne, aus der er gerade gekommen war. Sollte sie doch bei Eindaumen bleiben, wenn sie wollte. Nicht das erste Mal war sie zwischen ihn und seinen Gott getreten. Doch er war nicht bereit, sie dem Gott zu überlassen, und genausowenig, sich erneut dem Fluch auszusetzen und zu zerreißen, was er mit soviel Mühe und zu einem so hohen Preis zusammengeflickt hatte. Er dachte an Abarsis und Kadakithis und die unbotmäßigen Menschen aus dem Oberland, und so versprach er Vashanka jede andere Frau, die der Gott sich vor Sonnenuntergang erwählen wollte. Cime würde zweifellos bleiben, wo sie war. Er würde sich darum kümmern, daß Lastel sich um sie kümmerte.

Abarsis' Trôspferd schnaubte weich, als pflichtete es ihm bei, und trabte nun leichtbeinig durch die besseren Straßen Freistatts zur Kaserne. Doch das Trôspferd konnte nicht wissen, daß sein Reiter durch diese einfache Entscheidung einen größeren Sieg errungen hatte, als in all den Kriegen aller Reiche, die zu vergrößern er sich eingesetzt hatte. Nein, das Trôspferd, dessen Flanken unter Tempus' Knien zitterten, während es ein Wiehern wie das Schmettern einer Trompete hervorstieß, doch das tat es nicht, weil sein Reiter einen Sieg über sich selbst und seinen Gott davongetragen hatte, sondern aus purer Lust, wie Pferde gern einen schönen jungen Tag begrüßen.

ENDE

# Was ich vom Herausgeber nicht erfuhr

## Lynn Abbey

Ich hatte gerade meinem dritten DIEBESWELT-Beitrag den letzten Schliff gegeben, als Bob mich fragte, ob ich nicht Lust hätte, ein paar Worte über die Arbeit an den DIEBESWELT-Sammlungen zu schreiben. Das war ein Angebot, das ich nicht ablehnen konnte, obgleich ich keine Ahnung hatte, was ich darüber schreiben sollte. Nach vielen erfolglosen Versuchen, diesen Beitrag zu Papier zu bringen, dämmerte mir, daß Bob auch nicht gewußt hatte, was er hätte schreiben sollen. Als er mir das Angebot machte, hatte er gelächelt, das hätte mich stutzig machen müssen, denn üblicherweise verzichtet er nicht so leicht darauf, seinen Namen unter einer Überschrift gedruckt zu sehen. Seufz!

Tatsächlich war vieles, was wir vom Herausgeber nicht erfuhren, ihm selbst nicht bekannt. Wir waren alle sehr naiv, was die Funktionen eines erfundenen, gemeinsamen Universums anbetraf, damals auf dem Science-Fiction-Treffen 1978 in Boston, als das DIEBESWELT-Projekt ins Leben gerufen wurde. Es hörte sich wundersam unkompliziert an. Wir würden eine Beschreibung unserer Akteure austauschen und uns nach einer allgemein gültigen Straßenkarte richten; Bob würde sich die geschichtlichen Hintergründe ausdenken; Andy Offutt unsere Götter erfinden. Wir brauchten uns bloß an die Schreibmaschine zu setzen und unsere Geschichten zu verfassen. Von wegen!

Die unerwartete Entdeckung Numero eins: Freistatt ist kein imaginäres Etwas; es ist ein Geisteszustand, der den Psychiatern von Amerika nicht fremd ist.

Wir bildeten uns ein, auf festem Boden zu stehen, dabei stellte sich heraus, daß wir über Bord gegangen waren. Bob hatte uns nicht gesagt, was wir wirklich wissen sollten, und keiner von uns wollte dem Schöpfer der DIEBESWELT etwas diktieren, so bedienten wir uns alle ausgiebig der Wechselfälle des Lebens, die unseren Stories »Biß« und »Realismus« verleihen würden. Meine Nichtzigeunerin las die Zukunft aus Nichttarotkarten, bekam mit Zauberern zu tun, stahl eine Leiche und wurde Zeugin von Gewalttätigkeiten.

Das schien nicht so schlimm zu sein, bis ich das Buch aus dem Briefkasten holte und den Band in seiner Gänze las. Wir hatten verflixt viele Drogen, Zauberer, Laster, Bordelle, Kneipen, Spelunken, Flüche und Fehden. Freistatt war kein Hinterwäldlernest, keine gewöhnliche Vorstadt des Reiches. Es war das Schwarze Loch des Nichtkalkuttas. Es konnte nur noch schlimmer werden.

Und das wurde es auch. Für meine zweite Geschichte wühlte ich in der unerfreulichen Vergangenheit meiner S'danzo, gab ihr einen Berserker als Halbbruder. Ich erschuf Buboe, den Nachtkellner des Wilden Einhorns. Das geschah, weil Bob sagte, es sollte zumindest eine Szene im Einhorn spielen – aber Eindaumen kämpfte mit sich selbst im unterirdischen Labyrinth, und niemand wußte, wer das Einhorn führte. (Ich erinnere mich, einer der anderen erfand Zweidaumen – mit Fleiß, glaube ich.) Nun ist Buboe aber eigentlich kein Personenname, Buboe ist eine entzündliche Lymphknotenschwellung, die, wenn sie bei einer Pesterkrankung aufgeschnitten wird, nicht nur den Tod des Patienten zur Folge hat, sondern auch dessen, der diese Beule öffnet.

Band zwei und drei brachten weitere Absonderlichkeiten im Verhalten der Akteure und andere Eigentümlichkeiten, die kein Autor wagen würde, einem Universum zuzuschreiben, für das er allein verantwortlich ist. In der DIEBESWELT jedoch, wo die Schuld genau wie der Ruhm geteilt werden, wird die versteckte Andeutung in einem Band zur kompletten Story im nächsten.

Wollen wir doch ehrlich sein, Unrat ist interessant. Wenn ich beispielsweise schreibe, daß der Geruch von verwesendem Blut jahrelang anhalten kann, fällt dem Leser vielleicht nicht auf, was ich nicht erwähne. Denken wir doch bloß an die Dinge, die keiner der Autoren genau weiß: das Wetter in Freistatt – das tägliche und das jahreszeitlich bedingte. Es muß merkwürdig erscheinen. Wenn die Abwinder Abwind von der Stadt bekommen, müßte der Wind hauptsächlich von oben und vom Land her kommen – versuchen Sie das mal einem Küstenbewohner klarzumachen!

Was die Stadt selber betrifft, so habe ich sie mir als eine Art spätmittelalterliche vorgestellt, die ihre Mauern sprengt. Das Labyrinth ist wie die Shambles von York in England erbaut, wo jedes Stockwerk so über das untere hervorragt, daß jeder seinen Abfall direkt auf die Straße, statt auf seinen Nachbarn, werfen kann. Aber einige scheinen Freistatt für romähnlich zu halten. Für sie hat Freistatt eine rudimentäre Kanalisation, vornehme Villen, freie Gebäude und zumindest einige gepflasterte Straßen. Es scheint auch einige Elemente von Bagdad aus Tausendundeiner Nacht darin zu geben, mit beturbanten Nomaden und seidengewandeten Damen, genau wie einiges, was auf babylonische Bauweise schließen ließe. Aber da so viele unserer Geschichten im Dunkeln spielen, ist es vielleicht gar nicht so wichtig, daß wir uns wirklich einig sind, wie die Stadt aussieht. Niemand, einschließlich der Beamten des Reiches, weiß, wie groß Freistatt wirklich ist. Jedesmal wenn einer von uns ein Versteck oder einen geheimen Treffpunkt braucht, erfindet er es/ihn – Freistatt ist entweder sehr groß, oder alles ist entsetzlich dicht gedrängt. Man kann sein ganzes Leben im Labyrinth oder im Basar verbringen, und doch braucht man bloß fünfzehn Minuten von einem Ende der Stadt zum andern – oder nicht? Ich bin mir nicht sicher.

Nehmen wir mal den Basar. Ich habe eine ganze Menge Zeit in diesem Basar verbracht, aber ich könnte nicht genau sagen, wie er zusammengesetzt ist. Ein Markt gehört dazu, wo landwirtschaftliche Erzeugnisse verkauft werden (ich muß gestehen, ich habe keine Ahnung, wo die herkommen oder wo die Bauern sind, wenn sie nicht gerade ihre Erzeugnisse dort verkaufen). Andere Teile sind wie die Jahrmärkte des mittelalterlichen Frankreichs, wo die Kaufleute Großhandel betreiben. Wieder andere Teile ähneln den Basaren des Orients. Statt mich mit philosophischen Fragen zu beschäftigen, beispielsweise wie viele Engel auf einer Nadelspitze tanzen können, werde ich vielleicht eines Tages ausrechnen, wie viele S'danzo im Basar wohnen und dort ihren Lebensunterhalt verdienen können.

Um von Engeln auf Götter zu kommen – es erscheint wahrscheinlich, daß jeder, der in Freistatt lebt, eine persönliche Beziehung zu den Göttern hat – keine, die mit Verehrung und Glaube zu tun hat, wohlgemerkt. Die Leute sind dort, was ihre Religion betrifft, eher homerisch: Das letzte, was sich ein normaler Bürger dort wünscht, ist, etwas mit Göttern zu tun zu haben. Wenn sie beten, dann nur, um sich die Götter vom Leib zu halten. Wir haben Tempel für zumindest zwei Hauptpantheons, und wer weiß wie viele Priester. Ich zumindest blicke da nicht durch.*

Dann ist da die Frage, wie es mit den Zahlungsmitteln beschaffen ist – oder warum wir das Ganze DIEBESWELT nennen.

Da niemand weiß, wie es mit der Währung aussieht, haben die Bürger wohl keine andere Wahl, als einander zu bestehlen. Wir sind uns so in etwa einig, daß es Kupfer-, Silber- und Goldmünzen gibt – aber wir haben keine Namen dafür und kennen ihren Nennwert nicht. Wir sagen: ein paar Kupfermünzen, oder wenn wir genauer sein wollen: neun rankanische Goldkronen – nur für den Fall, daß jemand über Goldkronen schreibt, die nicht in Ranke geprägt wurden. Aber wie viele Kronen auf einen Shaboozh gehen – oder müßte es andersherum sein? – wer weiß das schon?

Eines Tages werde ich einen Geldverleiher für die Stadt erfinden. Geldwechsel in Freistatt dürfte sich als Kunst erweisen. Aber das wird auch nichts nutzen. Bürger und Autoren werden gleichermaßen Gründe finden, meinen Geldverleiher nicht aufzusuchen. Sie werden sich ihre eigenen Wechselkurse ausdenken. Der Prinz wird die Währung entwerten. Vashanka wird 5-Cent-Stücke mit Indianerkopf in

* Wir wollen versuchen, dem im folgenden Artikel abzuhelfen. Anm. d. Red.

seinen Tempel spucken. Doch davon werde ich mich nicht abhalten lassen. Wenn der Herausgeber mir nicht sagt, wie die Dinge sein sollen, muß eben ich es ihm sagen!

# Die Götter von Freistatt

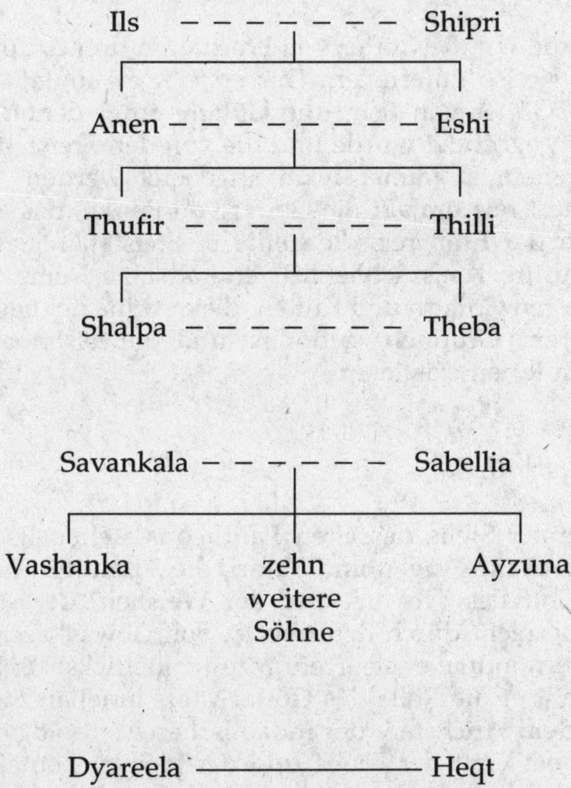


Weda Krizhtawn

# Die Götter von Freistatt

Wir können die Götter von Freistatt in drei Gruppen oder Kreise unterteilen. Der erste Kreis umfaßt die alten Götter von Ilsig, die Götter, unter denen die Stadt gegründet wurde und die von den Freistättern im geheimen immer noch angebetet werden. Der zweite Kreis umfaßt die Götter von Ranke, das Pantheon der Eroberer, die heute in Freistatt regieren. Der dritte Kreis schließlich enthält eine Reihe von kleineren Göttern und Kulten, die in keine der beiden anderen Gruppen gehören und gewissermaßen neben ihnen existieren.

*Der erste Kreis*

An erster Stelle des alten Pantheons stehen Ils mit den tausend Augen und Shipri, die Allmutter. Ils ist ein Gott des Wissens und der Weisheit, der seine Feinde nicht durch den Einsatz von Gewalt besiegt, sondern indem er sie irreführt und austrickst. Er hat, obwohl er die Rolle des Göttervaters innehat, etwas von dem »trickster« der indianischen Mythologie an sich, ein Gott der Diebe und der kleinen Leute, zu dessen Klugheit aber auch eine gehörige Portion von jener Bauernschläue gehört, die weiß, wann das Korn zu säen und zu ernten ist.

Ils' Gemahlin und Mitherrscherin ist Shipri Allmutter. Sie ist eine Fruchtbarkeitsgöttin, die vor allem von den Frauen verehrt wird, die Kinder haben oder welche bekommen möchten. Sie verfügt auch über Heilkräfte.

Der nächste Gott ist Anen, der Gott des Korns und Bieres. Zu seinem Kult gehört vermutlich auch eine Art von rituellem Kannibalismus, bei dem der Gott in Gestalt von neuem Bier und Gerstenbrot verzehrt wird. Auch er ist eine Art von Fruchtbarkeitsgottheit, aber vom männlichen Typus des Sonnenhelden, dessen Leben und Tod an den Lauf der Jahreszeiten gebunden ist und der in jedem Jahr aufs neue stirbt – oder geopfert wird –, um im Frühling wiederaufzuerstehen.

Eshi, Anens Weib, steht für die andere Seite der Fruchtbarkeit. Sie ist die Göttin der Sinnlichkeit und Sinnenfreude; ihre Hilfe nehmen Frauen in Anspruch, die einen Mann zu verführen suchen. Das soll nicht heißen, daß ihr Dienst von vornherein unmoralisch sei; Sinnlichkeit kann bei ihr auch zur Ehe führen, und auch verheiratete Frauen suchen ihre Gunst. Für Eshi hat dies freilich wenig Belang.

Die nächste Generation der Kinder Ils' sind Thufir und Thilli. Thufir ist der Gott der Händler und Reisenden; er ist der Gott der Wege und Straßen, der Verbindungen herstellt, die die Menschen zueinander führen und die einzelnen Häuser und Dörfer zu einem Reich vereinen. Er wird vor allem von den Kaufleuten angerufen.

Thilli ist die Herrin des heimischen Herdes, die Göttin der Familie, der ruhende Pol, zu dem alle Wege hinführen.

Die letzte Generation der Götter wurde geboren, als aus Dörfern Städte wurden. Shalpa der Flinke ist der Gott der Diebe und Ausgestoßenen, ein geringerer Aspekt von Ils. Er ist immer in Bewegung – ein Gott für die Unterdrückten, die zurückschlagen.

Theba dagegen ist die Göttin, die den Schwachen Zuflucht gewährt; sie hilft Shalpa, wenn ihn das Glück verläßt. Sie ist die Hoffnung derjenigen, die versuchen, selbst in der Diebeswelt eine friedliche Lösung zu finden.

*Der zweite Kreis*

Der Herr der rankanischen Götter ist Savankala, der Sonnengott. Er vereinigte sich mit Sabellia, der Herrin der Sterne, und aus ihrer flammenden Leidenschaft gingen zwölf Kinder hervor. Elf von ihren Kindern wandten sich gegen die Eltern, um sie zu vernichten, nur einer, Vashanka, stand ihnen bei. Er tötete seine zehn Brüder, und seine Schwester vergewaltigte er. Durch diese Tat wurde er zur Manifestation seiner Eltern auf Erden, und die drei werden oft gemeinsam verehrt.

Savankala ist der Gott der Sonne, der Wärme und des Lebens. Er ist die Sonne, die das Dunkel vertreibt; ihm ist der Mensch für alles, was er hat, zu Dank verpflichtet.

Sabellia ist die Göttin der Nacht und des Wissens. Obgleich unendlich weit entfernt, kann sie doch jeden Menschen erreichen und sein Herz und seinen Geist anrühren. Auch sie ist eine Herrscherin, wenn auch mit vergleichsweise friedlichen Mitteln.

Vashanka, der Sohn der Sonne und der Sterne, ist der Gott des Krieges und der Gewalt. Er kennt keine Liebe, nur Lust, keine Ernte, nur Plünderung; er kann nicht ruhen. Die Idee eines friedlichen Zusammenlebens ist ihm von Natur aus fremd. Seine Priester sind ihm durch Eid verbunden wie Krieger einem

Heerführer; sie sind seine Soldaten in einem immerwährenden Kampf. Vashanka kann seine Macht auch in einzelne Waffen einfließen lassen; diese verleihen dem Träger dann eine übermenschliche Kraft. Aber der Preis dafür ist hoch – am Ende oftmals das Leben.

Die einzige Überlebende von den übrigen Kindern Savankalas und Sabellias ist Azyuna; ihr Schicksal ist es, ewig Vashankas Lust dienen zu müssen. Ihre Natur besteht in Verführung und Verrat; sie hatte einst ihre Brüder dazu getrieben, sich gegen die Eltern aufzulehnen. Nun versucht sie in immer neuen Verkörperungen, ihre alte Macht zurückzugewinnen. Um ihren Beistand flehen nur die Verzweifelten.

Es ist offenkundig, daß das rankanische Pantheon nicht so durchgegliedert ist wie das der Götter von Ilsig. Es ist die Religion eines jungen, sich ausdehnenden Reiches, und wohin sich diese aggressive Energie wenden wird, wenn es einmal nichts mehr zu erobern geben sollte, ist eine Frage, auf die auch Sabellia keine Antwort geben kann.

### *Der dritte Kreis*

Außerhalb der Systeme von Herrschaft und Ordnung steht Dyareela, die Göttin des Blutes, der Lust und der Dunkelheit, die Zerstörerin, die Verwüsterin, die Widersacherin der Götter. Wo sie aufbauen, reißt Dyareela nieder. Die Lust, die Dyareela bringt, ist ohne Fruchtbarkeit; auf den Tod, den sie austeilt, erfolgt keine Wiedergeburt. Alles, was sie berührt, wird verdorben und verzehrt.

Im Gegensatz dazu ist Heqt, die meist in Gestalt einer Kröte dargestellt ist, eine Göttin, die aus der Öde neues Leben weckt. Sie vermag zwar selbst kein Leben zu spenden, aber sie bringt den Regen, der es aus dem verborgenen Keim wiedererweckt. Heqt wird von denen verehrt, die viel an öden Orten weilen; sie gibt Kraft, auch Entbehrungen zu überstehen.

Die letzte Göttin schließlich, die hier genannt werden soll, ist Weda Krizhtawn. Sie ist die einzige Meeresgottheit, die hier erwähnt wird, und ihr Kult ist schon sehr alt. Sie erlegt ihren Anbetern strenge Vorschriften auf. Ansonsten ist wenig über sie bekannt, da sie vor allem auf den Inseln und weniger in Freistatt selbst verehrt wird.

# Personenregister

Am Ende jedes Eintrags wird auf den Band verwiesen, in dem die jeweilige Figur erstmals vorgestellt wurde. Die Abkürzungen bedeuten im einzelnen:

DF = Die Diebe von Freistatt (Band 20089)
BS = Der Blaue Stern (Band 20091)
WE = Zum Wilden Einhorn (Band 20093)
RW = Die Rache der Wache (Band 20095)
GF = Die Götter von Freistatt (Band 20098)

*Abarsis, gen. Stiefsohn* – Reiter in Wein- und Scharlachrot mit brüniertem Harnisch, Hohepriester Vashankas in Oberranke, von seinen Feinden als »der Schlächterpriester« bezeichnet; ehemals Angehöriger eines »Heiligen Trupps«. In Wirklichkeit der Sohn des einstigen Großkönigs von Enlibar, nach dessen Niederlage von den siegreichen Rankanern kastriert und von Tempus aufgenommen und erzogen. (GF)
*Alten Stulwig* – ein Apotheker und Heilkundiger im Westviertel von Freistatt, der sich auch mit Giften und Gegengiften auskennt. (WE)
*Bourne* – ehemaliges Mitglied der Höllenhunde, der Leibgarde von Prinz Kadakithis. Begierig, seine soziale Stellung zu verbessern, ließ er sich in eine Intrige gegen den Prinzen verwickeln, die mit Hilfe Hanse Nachtschattens aufgedeckt wurde. (DF)
*Cappen Varra* – fahrender Sänger, aus Caronne gebürtig, mit einem gewissen Geschick mit dem Rapier und einer Schwäche für Frauen. (DF)

*Cime* – Schwester und Geliebte von Tempus, der lebenden Legende. Sie hat einen Eid geschworen, niemandem etwas schuldig zu bleiben. Ihr einziges Ziel im Leben ist es, Magier zu töten. Sie hat eine Liebschaft mit Lastel. (WE)
*Danlis* – Tochter eines hochgeborenen aber armen Edelmanns und Zofe von Lady Rosanda, der Frau Molin Fackelhalters. Sie ist recht intelligent und liebt es, andere Leute zu manipulieren. (DF)
*Eindaumen* – der Wirt der Kneipe »Zum Wilden Einhorn« im Herzen des Labyrinths, ein großer, kräftiger Mann, dem ein Daumen an der rechten Hand fehlt. Nur der Magier Mizraith, der ihn durch einen Zauber schützt, weiß, daß Eindaumen ein Doppelleben führt: Als Lastel hat er ein Haus im Juweliersviertel, das durch unterirdische Gänge mit Amolis Liliengarten, einem verrufenen Bordell, in Verbindung steht. Er hat auch seine Hand im *Krrf*-Drogenhandel und anderen illegalen Geschäften. (BS)
*Enas Yorl* – einer der mächtigsten Magier des rankanischen Reiches. Erkennbar nur an seinen rot leuchtenden Augen, da er durch einen Fluch, der auf ihm liegt, in unregelmäßigen Abständen seine Gestalt wechselt. Er lebt in einer palastartigen Residenz unterhalb der Pyrtanisstraße im Juweliersviertel, die von Basilisken bewacht wird. (DF)
*Farsi* – Kupferschmied. (GF)
*Frax* – Palastwächter. (GF)
*Gilla* – Lalos Frau, einstmals schön wie ein Einhorn, nun häßlich wie ein Rhinozeros. (GF)
*Hanse Nachtschatten* – ein junger, dunkelhaariger, außergewöhnlich geschickter Dieb, stets dunkel gekleidet und mit mindestens einem halben Dutzend Messern bewaffnet. (DF)

*Harmocohl Triefnase* – Dieb. (GF)
*Irohunda* – Melonenhändler. (GF)
*Jarveena* – ein dünnes, dunkelhaariges Mädchen mit vielen sichtbaren und einigen unsichtbaren Narben im Dienste Meister Melilots. Sie hatte sich der Rache an den Banditen verschrieben, die ihr Heim im Dorf Holt zerstört und sie vergewaltigt hatten. Dieses Ziel hat sie mit Hilfe Enas Yorls erreicht. (DF)
*Jubal* – ein riesiger Neger, ehemaliger Sklave und Gladiator, der ungekrönte König der Unterwelt von Freistatt. In den meisten illegalen Geschäften der Stadt, einschließlich des *Krrf*-Drogenhandels, hat er seine Finger. Er hält sich eine Truppe von Schergen, die man nach ihrer Verkleidung die Falkenmasken nennt. Außerdem verfügt er über ein dichtgeknüpftes Netz von Spionen. (BS)
*Jordis* – Steinmetz, der am Tempel der rankanischen Götter arbeitet. (GF)
*Kadakithis, Prinz* – Statthalter von Freistatt, jung, idealistisch, aber nicht dumm. Er weiß genau, warum er hier ist: weil sein Stiefbruder, der Kaiser von Ranke, ihn aus dem Weg haben wollte. Er ist fair, wenn er kann; seine Feinde haben ihm wegen seiner diplomatischen Art den Namen »Kittycat« gegeben. (DF)
*Klauer Eidschwörer* – Dieb, Lehrmeister Hanses, für seine Taten gehenkt. (DF)
*Kul* – Seidenhändler im Basar.
*Kurd, der Vivisezierer* – ein Einwanderer aus Ranke, von wo er durch Zalbar, den Höllenhund, vertrieben wurde, der an Kurds Verwendung von Sklaven für seine Experimente Anstoß nahm. Kurd schneidet Menschen auseinander, um zu sehen, wie sie funktionieren, in dem Glauben, damit das Wissen zu för-

dern. Kurd lebt in einem Haus im Nordwesten von Freistatt, außerhalb der Stadtmauern; er ist um die Fünfzig, hager und sehr geschickt mit den Fingern – bis er sich an Tempus vergreift. (GF)

*Lalo* – erfolgloser Porträtmaler, bis ihm der Auftrag zufällt, für Molin Fackelhalter die Fresken des neuen Savankala-Tempels zu malen, und ihm die Mittel zuteil werden, diesen zu erfüllen. (GF)

*Lastel* – Deckname Eindaumens im Juweliersviertel. (BS)

*Lirain* – ehemalige Konkubine von Prinz Kadakithis: Ihre Intrige gegen den Prinzen wurde von Hanse Nachtschatten aufgedeckt. (DF)

*Markmor* – ein Zauberer, Rivale von Mizraith. Von Cime getötet. (BS)

*Marype* – jüngster und ehrgeizigster Sohn des Zauberers Mizraith, paktierte heimlich mit dessen Rivalen Markmor und brachte so seinen Vater um. Von Cime getötet. (BS)

*Mignureal* – Tochter der S'Danzo-Seherin Mondblume. (WE)

*Mizraith* – einer der mächtigsten Magier von Freistatt. Sein Spezialgebiet waren langdauernde Bannflüche, für die er die Kräfte anderer, geringerer Magier anzapfte. Er fiel einer Intrige Markmors zum Opfer, an der auch sein Sohn Marype beteiligt war. (BS)

*Molin Fackelhalter* – Hohepriester und Baumeister des Gottes Savankala. Er wurde mit Kadakithis nach Freistatt entsandt, um den rankanischen Göttern Tempel zu errichten. (DF)

*Mondblume* – eine S'Danzo-Frau. Sie ist eine Seherin, wie viele vom Blut des S'Danzo-Volkes, wobei sie die nahe Zukunft nicht erkennen kann. Sie ist füllig, wie die meisten S'Danzo-Frauen. Hanse Nachtschatten fragt sie oft um Rat. (DF)

*Myrtis* – die einflußreichste Madame der Straße der Roten Laternen. Ihr gehört das Aphrodisiahaus, das feinste Bordell von Freistatt. Sie ist so alt wie Lythande und wird durch deren Kunst jung erhalten. Das einzige Zeichen ihres Alters ist ihr graues Haar. Myrtis läßt sich nicht länger mit Kunden ein, außer besondere Umstände erfordern es. (BS)

*Nestaph* – einer der drei Söhne des Zauberers Mizraith. (BS)

*Purter* – Palastwächter. (GF)

*Quag* – einer der Höllenhunde, ein älterer, gesetzter, zuverlässiger Mann. (DF)

*Razkuli* – der jüngste der Höllenhunde, dunkelkhaarig, schlank und schnell mit dem Schwert bei der Hand. Hält sich auf seine Kunst im Bogenschießen viel zugute. (DF)

*Rosanda* – blonde, feine, etwas dümmliche Gemahlin Molin Fackelhalters. (DF)

*Sandol* – Teppichhändler. (GF)

*Seylalha* – anmutige, grazile Sklavin aus dem Norden, die beim Ritual des Zehntodes den Verführungstanz darbieten soll, mit welchem die Göttin Azyuna einst ihren Bruder Vashanka zu verlocken suchte. (GF)

*Stefab* – einer der drei Söhne des Zauberers Mizraith. Von Cime getötet. (BS)

*Tempus, auch Thales genannt* – der neueste Höllenhund und eine rätselhafte Gestalt, die ihr Leben ganz in den Dienst Vashankas, der rankanischen Kriegsgottes gestellt hat. Er ist ein Riese von einem Mann, mehr als drei Jahrhunderte alt und besitzt die Fähigkeit, seine Wunden zu heilen und seine Gestalt zu tarnen, daß man ihn nicht erkennt. Er hat einen besonderen Haß auf Jubal und verachtet alle Magier. (WE)

*Valira* – junge Dirne im Hafenviertel, Mutter eines kleinen Kindes, das sie innig liebt. (GF)

*Zalbar* – Hauptmann der Höllenhunde und dem Reich treu ergeben. Er ist ein Ehrenmann, und selbst seine Liebe zu Madame Myrtis, der Herrin des Aphrodisiahauses in der Straße der Roten Laternen, läßt ihn in seinem Urteil nur wenig schwanken. (DF)

*Zorra* – Tochter von Lalos Vermieter, ein berechnendes Weib mit einem hübschen Gesicht, deren Verlobter sich das Leben nahm, als sie ihn um eines Flirts mit einem Gardisten verließ. (GF)

# FANTASY

**Band 20 086**

**Robert Asprin**

**Ein Dämon macht noch keinen Sommer**

**Deutsche Erstveröffentlichung**

Wenn einer Probleme hat, die er mit den üblichen Mitteln nicht lösen kann, dann kommt er zu dem großen Magier Skeeve und seinem dämonischen Mentor. Doch ein Ruf als Meister der Magic kann einen ebenso zum gemachten Mann machen wie zugrunde richten. Insbesondere wenn man eigentlich nur ein Zauberlehrling ist und bei einem Dämon – kurz für: Dimensionsreisender – in die Lehre geht. Und so muß Skeeve erfahren, daß seinem Ruf gerecht zu werden manchmal an Mord grenzen kann. Und daß ein Dämon noch keinen Sommer macht.

»Asprins Talente als Autor – Rasanz, Witz und ein scharfes satirisches Auge.«
*ALA Booklist*

BASTEI
LÜBBE

**Sie erhalten diesen Band im Buchhandel, bei Ihrem Zeitschriftenhändler sowie im Bahnhofsbuchhandel.**

**Band 20 097**
**Joel Rosenberg**
**Das Schwert des Befreiers**
**Deutsche Erstveröffentlichung**

Als ein Spiel hatte alles begonnen, in einem Studentenheim in Amerika. Nun waren sie gestrandet in einer fremden Welt – als Krieger, Zauberin, Zwerg, Dieb und Baumeister – und waren sich darüber klar, daß es keine Rückkehr mehr gab.
Doch sie hatten ein Ziel vor Augen: diesem unglaublichen Reich der Phantasie die Freiheit zu bringen. Von der Magiergilde verfolgt, von den Sklavenjägern gehetzt, kämpften sie für eine Welt, die nicht ihre eigene war und wo ein Schwertstreich töten und ein falscher Zauber Freund in Feind verwandeln konnte.

BASTEI LÜBBE

**Sie erhalten diesen Band im Buchhandel, bei Ihrem Zeitschriftenhändler sowie im Bahnhofsbuchhandel.**